U0623342

中华精神家园

博大文学

神话魅力

神话传说与文化内涵

肖东发 主编　钱佳欣 编著

中国出版集团

现代出版社

图书在版编目（CIP）数据

神话魅力 / 钱佳欣编著. — 北京：现代出版社，
2014.10（2019.1重印）

　（中华精神家园书系）

　ISBN 978-7-5143-2974-2

　Ⅰ．①神… Ⅱ．①钱… Ⅲ．①神话－文学史－中国－
古代 Ⅳ．①I207.7

中国版本图书馆CIP数据核字(2014)第236581号

神话魅力：神话传说与文化内涵

主　　编：肖东发
作　　者：钱佳欣
责任编辑：王敬一
出版发行：现代出版社
通信地址：北京市定安门外安华里504号
邮政编码：100011
电　　话：010-64267325　64245264（传真）
网　　址：www.1980xd.com
电子邮箱：xiandai@cnpitc.com.cn
印　　刷：固安县云鼎印刷有限公司
开　　本：710mm×1000mm　1/16
印　　张：10
版　　次：2015年4月第1版　2021年3月第4次印刷
书　　号：ISBN 978-7-5143-2974-2
定　　价：29.80元

党的十八大报告指出："文化是民族的血脉，是人民的精神家园。全面建成小康社会，实现中华民族伟大复兴，必须推动社会主义文化大发展大繁荣，兴起社会主义文化建设新高潮，提高国家文化软实力，发挥文化引领风尚、教育人民、服务社会、推动发展的作用。"

我国经过改革开放的历程，推进了民族振兴、国家富强、人民幸福的中国梦，推进了伟大复兴的历史进程。文化是立国之根，实现中国梦也是我国文化实现伟大复兴的过程，并最终体现为文化的发展繁荣。习近平指出，博大精深的中国优秀传统文化是我们在世界文化激荡中站稳脚跟的根基。中华文化源远流长，积淀着中华民族最深层的精神追求，代表着中华民族独特的精神标识，为中华民族生生不息、发展壮大提供了丰厚滋养。我们要认识中华文化的独特创造、价值理念、鲜明特色，增强文化自信和价值自信。

如今，我们正处在改革开放攻坚和经济发展的转型时期，面对世界各国形形色色的文化现象，面对各种眼花缭乱的现代传媒，我们要坚持文化自信，古为今用、洋为中用、推陈出新，有鉴别地加以对待，有扬弃地予以继承，传承和升华中华优秀传统文化，发展中国特色社会主义文化，增强国家文化软实力。

浩浩历史长河，熊熊文明薪火，中华文化源远流长，滚滚黄河、滔滔长江，是最直接的源头，这两大文化浪涛经过千百年冲刷洗礼和不断交流、融合以及沉淀，最终形成了求同存异、兼收并蓄的辉煌灿烂的中华文明，也是世界上唯一绵延不绝而从没中断的古老文化，并始终充满了生机与活力。

中华文化曾是东方文化摇篮，也是推动世界文明不断前行的动力之一。早在500年前，中华文化的四大发明催生了欧洲文艺复兴运动和地理大发现。中国四大发明先后传到西方，对于促进西方工业社会的形成和发展，曾起到了重要作用。

中华文化的力量，已经深深熔铸到我们的生命力、创造力和凝聚力中，是我们民族的基因。中华民族的精神，也已深深植根于绵延数千年的优秀文化传统之中，是我们的精神家园。

总之，中华文化博大精深，是中国各族人民五千年来创造、传承下来的物质文明和精神文明的总和，其内容包罗万象，浩若星汉，具有很强的文化纵深，蕴含丰富宝藏。我们要实现中华文化伟大复兴，首先要站在传统文化前沿，薪火相传，一脉相承，弘扬和发展五千年来优秀的、光明的、先进的、科学的、文明的和自豪的文化现象，融合古今中外一切文化精华，构建具有中国特色的现代民族文化，向世界和未来展示中华民族的文化力量、文化价值、文化形态与文化风采。

为此，在有关专家指导下，我们收集整理了大量古今资料和最新研究成果，特别编撰了本套大型书系。主要包括独具特色的语言文字、浩如烟海的文化典籍、名扬世界的科技工艺、异彩纷呈的文学艺术、充满智慧的中国哲学、完备而深刻的伦理道德、古风古韵的建筑遗存、深具内涵的自然名胜、悠久传承的历史文明，还有各具特色又相互交融的地域文化和民族文化等，充分显示了中华民族的厚重文化底蕴和强大民族凝聚力，具有极强的系统性、广博性和规模性。

本套书系的特点是全景展现，纵横捭阖，内容采取讲故事的方式进行叙述，语言通俗，明白晓畅，图文并茂，形象直观，古风古韵，格调高雅，具有很强的可读性、欣赏性、知识性和延伸性，能够让广大读者全面接触和感受中国文化的丰富内涵，增强中华儿女民族自尊心和文化自豪感，并能很好继承和弘扬中国文化，创造未来中国特色的先进民族文化。

2014年4月18日

洪荒演义——上古神话

佛法无边——佛教神话

道法通天——道教神话

人间宏愿——民间神话

上古神话

上古神话是指我国夏代以前直至远古时期的神话和传说，是原始先民在社会实践中创造出来的，内容涉及自然环境和社会生活的各个方面。

上古神话包括创世神话、始祖神话、洪水神话、战争神话和民族精神神话等。

这些神话中的神是人类保护者，是真善美的化身，反映劳动创造世界的思想与献身精神，歌颂正义、善良、勤劳、勇敢、乐观、豪迈的品质，是中华民族精神的体现。

巨人盘古开天辟地

盘古开天辟地石像

远古时候，我们的祖先在不断探索自然与人类之谜的过程中，面对天上的闪电雷雨和地上的芸芸众生，逐步学会了观察与思考：天地是怎么产生的呢？我们人类是从哪里来的呢？

当我们的祖先进化到山顶洞人时，大脑发达了，思维能力也显著增强了，于是在意识形态方面，就产生了灵魂不灭的观念。

有了这样神奇的观念，先民们就对世间各类不能理解的现象进行幻想。他们凭着对事物观察产生的自我感受，试图揭开自然与人类之谜，特别是试图揭开宇宙和人类的起源、生存之谜等。

人们曾经幻想有一个叫盘古的人，他用自己的神奇力量，开天辟地，并创造世间万物。

说是在那遥远的太古时代，没有天，没有地，没有日月星辰，没有山川湖泊，没有花草树木，没有飞禽走兽，更不用说有人类了。

那时，世界就像一个巨大的鸡蛋。在这个鸡蛋里面，所有的东西都混合在一起，黑暗混沌一片。这个鸡蛋不知道孕育了多少万年，孕育了一个具有神奇力量的盘古。盘古在这个大鸡蛋中孕育着，成长着，酣睡着，就这样一直睡了一万八千年，盘古长成了一个巨人。

忽然有一天，蜷曲在鸡蛋里的盘古睡醒了，当他睁开眼睛时，发现周围一片漆黑，自己处在一团黏糊混沌之中，他感到非常憋闷。

盘古对自己所处的环境很不满意，他不能忍受这与生俱来的黑暗、压抑和混沌的状态。于是，他就使出积攒了一万八千年的力量，振臂挥舞，将束缚自己的鸡蛋壳上下一撑，只听见山崩地裂般的轰然巨响，黑暗混沌的大鸡蛋破裂开了。

接着，天地开始旋转起来，宇宙中所有轻盈而又清澈的东西逐渐上升，慢慢汇集在一起，变成了蓝色

■ 盘古开地辟地

山顶洞人 为我国华北地区旧石器时代晚期的人类化石。属晚期智人。因其发现于北京周口店龙骨山北京人遗址顶部的山顶洞而得名。山顶洞人生活在约3万年前北京人活动过的地区。他们已掌握磨制工具和钻孔技术，模样和现代人基本相同。

的天空；那些沉重而混浊的东西逐渐向下面沉积，慢慢变成了脚下的大地。盘古放眼望去，世界一片豁达开朗，澄清透明。

盘古站在这天地之间非常高兴，他很怕天地再合拢起来，变成以前的样子，就用双手撑着蓝天，双脚踏着大地，让自己的身体每天长高一丈。随着他的身体增长，天每天增高一丈，地也每天加厚一丈。

就这样，天在不断地变高，地在不断地变厚。又过了十万八千年，天已经高不见顶，地也变得深不可测了，盘古充满了整个宇宙，成了真正"顶天立地"的英雄。

但是，天地间毫无生机，孤独的巨人就这样擎天踏地，一直站立着。不知又过了多少年，天地的结构基本定型了，盘古也支撑不住了，终于有一天，他轰然倒下，力疲身亡。

就在盘古巨大的身躯倒地的一刹那，他的整个身体发生了令人惊奇的巨大变化：他口里呼出的气变成了清风和白云；他的声音变成了轰隆的雷霆和霹雳；他的目光变成了闪电；他的左眼变成了光芒四射的太阳；他的右眼变成了皎洁明亮的月亮；他的手脚变成了支撑天空

■盘古开天之处

的四个天柱；他的五脏变成了五岳大山；他的血液变成了川流不息的江河湖海；他的筋脉变成了大地框架轮廓的道路；他的肌肉变成了田野地里的沃土；他的头发和髭须变成了天上数不尽的繁星；他的皮肤和汗毛变成了花草树木；他的牙齿、骨头、骨髓等，都变成了闪光的金属、坚硬的石头、圆亮的珍珠和温润的玉石等，成为了大地的宝藏；就连他身上的汗水，也变为了雨露和甘霖。

■ 盘古开天辟地雕塑像

盘古身体全部融化在天地之间了，从此，人世间便有了阳光雨露，大地上就有了江河湖海，万物滋生，自然开始生生不息了。

后来，我们祖先为了纪念这位创造世界的圣祖，就把他尊为中华民族的第一古神，也成为我国远古文化的源头了。

在我国古代历史长河中，具有许多与盘古有关的神话记载。在云南沧源有一幅岩画，是两万年前原始人的作品，岩画的内容是：一人头上发出太阳的光芒，左手握一石斧，右手拿一木把，两腿直立傲视一切。这种形象与盘古立于天地之间，用斧头劈开混沌开天辟地的传说正相契合。至于人首所呈现的太阳之状，则是反映了原始先民对太阳神的崇拜，也是对盘古把温暖送给人间的希望祈盼。据此，盘古神话在两

五岳 我国五大名山总称，就是东岳泰山、南岳衡山、西岳华山、北岳恒山、中岳嵩山。古人认为，凡有大山的地方便有神所居住，古代帝王更把五岳看成是神的象征，是帝王受命于天和定鼎中原的象征。因此，古代帝王都曾到五岳举行封禅和祭祀盛典。

万年前已经诞生。

至商周时期，盘古的名字就出现在有关典籍中。我国第一部富于神话传说的最古老奇书、先秦重要古籍《山海经》就有盘古的记载。

后来三国时期吴国太常卿徐整所著的《三五历纪》《五运历年纪》及《古小说钩沉》辑的《玄中记》也有盘古记载，系统描述了盘古开天辟地的经过。在南朝萧梁文学家任昉所著的《述异记》中，则详细描述了盘古死后身体化为天地万物的事情。

在我国各地，也广泛流传着与盘古有关的神话。河南桐柏被认为是盘古文化的根源地，当地一直存在着"盘古庙会"，每年的农历九月初九是祭祀盘古日。在这里，有许多盘古开天辟地、捏泥造人、滚磨成亲、造衣服、驯牛、降龙、治水、造酒、造农具等传说故事，这种特有的文化现象，体现了盘古文化根源地的特征。

在河南泌阳南15千米的盘古山，有一座最古老的盘古庙，当地流传着上百种盘古神话。传说盘古山就是当年盘古开天辟地、繁衍人类、造化万物的地方。山势巍峨挺拔，高耸入云。山石嶙峋并立，林木苍郁，古庙幽静，景色宜人，乳白色的云雾飘荡在山峦

■ 开天辟地雕塑

《三五历纪》
又叫《三五历》，是三国时代吴国人徐整所写的书，其中内容记述的都是人类远古时期的事，是最早记载盘古开天传说的一部著作。这本书早已失传，只有部分段落收存在后来的类书《太平御览》《艺文类聚》等书中。

间，一层层薄纱覆盖着一个个悠远的神话传说。

在湖南怀化沅陵境内，也有一个盘古洞，洞内有一巨大的石锁，还有很多生活用具。在一张石床上还有一根钟乳石柱，高有数米。

在宜川集义和寿峰之间，也有座大山叫"盘古山"，雄踞群山，高耸挺拔，谷深林密，人迹稀少。另外，盘古开天辟地的神话在我国台湾也有不同的传说。

有关盘古的神话，在我国南方少数民族中也广泛流传。苗族和瑶族向来崇奉盘古，把盘古看作他们的祖先。壮族、侗族、仫佬族等民族也把盘古看作开天辟地的人类始祖。尤其是在壮族聚居地的桂林，在魏晋南北朝时，就立有盘古的庙宇。

盘古神话产生于我国中原地带，其丰富内容反映了黄淮、江淮地域古老的文化风貌。歌颂盘古开创精神和无私无畏的原始神话，正是歌颂了中华民族优秀文化极其辉煌的一章。

千百年来，盘古文化在盘古用生命所开创的热土上生生不息，成为中华文化中的一颗璀璨明珠。盘古开天辟地的传说，朴素地解释了宇宙的起源，夸大地表现了盘古的神力，这是对人的力量的大胆幻想和歌颂，反映了人类对于战胜自然的信念和向往。

阅读链接

在神话传说中，"盘古开天"的故事大同小异。有一种说法是，太古之时，太空中有一个巨星，形如鸡蛋，在无际的黑暗云雾中飘浮。巨星内部有一个名叫盘古的巨人，一直在用他的斧头进行开凿，试图把自己从围困中解救出来。

经过一万八千年的艰苦努力，当盘古挥出最后一斧时，只听一声巨响，巨星分开为两半，一半化为气体，不断上升，化为天空，一半变为大地。天地之间，每日增加三尺，盘古身在其中也日渐高大，便成了顶天立地的英雄。

女神女娲抟土造人

那是在很久以前的原始社会，我们的祖先为了生存，便按性别和年龄简单地进行分工劳作。由青壮年男子主要负责外出狩猎、捕鱼，女子则从事采集果实，并看守住所、加工食物、缝制衣服、管理杂务、养护老幼等劳动。

■女娲造人绘画

在当时，女子采集野果要比男子渔猎的收获稳定得多，而且这成为了氏族成员生活资料的重要来源，是维系氏族生活的基本保证。

又由于妇女在生育上的特殊作用，而繁衍人口又关系到民族和部落的存亡，因此，妇女在生产和生活中居于重要地位，在氏族中具有崇高的威望，掌握着氏族的领导权。

在这个漫长的母系社会时期，氏族成员的世系是根据母系的血统来决定的，子女只认得自己的母亲，不认得自己的父亲，母亲的领导起了巨大作用。

由于这时的生产力水平很低，我们的祖先们面对自身，就开始思考我们人类是从哪里来的呢？也就是怎么产生的呢？人们不能正确解释人类的起源问题，于是，他们就以贫乏的生活经验，借助想象来描述人类自身的起源问题，描绘了始祖活动和民族形成的情境，于是就创造出了一个女娲抟土造人的神话故事。

■ 木雕女娲补天

传说那是在盘古开天辟地之后，大地上有了灿烂的阳光和绚丽的花草，显得十分美丽。这时，一位美丽女神女娲从天而降，她沐浴着大地的阳光和轻风，欣赏着山川草木的美景。女娲看到，尽管大地上有很多生物，有花草树木，还有鸟兽虫鱼，但却显得死气沉沉的。

有一天，女娲行走在大地上，她感到非常孤独，觉得应该给天地之间增添一些更加有生气的东西，使得大地具有活力。

在一个偶然机会，女娲来到一处水池边，清澈碧

母系社会 按母系计算世系血统和继承财产的氏族制度，是氏族社会的第一阶段。在我国，母系社会繁荣时期的文化遗存遍布南北各地，主要代表有裴李岗文化、磁山文化、仰韶文化、河姆渡文化、马家窑文化等。此时，生产力水平有明显进步，人们开始了定居的生活。

透的池水，倒映出她那秀美的身影。于是，她抓起地上的黄土，就照着自己映在水中的样子，揉团捏成了一个娃娃形状的小东西。

说来也很奇异，当女娲把这个泥娃娃放到地面上时，这个小东西就有了生命，眼睛睁开了，嘴巴张开了，还手舞足蹈、活蹦乱跳的。女娲对自己的劳动成果异常欣慰，就给这个泥娃娃取名叫作"人"。

这个人的身体虽然很小，但因为是女神亲手造的，所以，他与飞鸟、走兽都不同。他集天地的精华，是万物中思想最丰富的生命，他有管理大地的智慧。

女娲看到人活了，她就更加努力地工作起来。她打水、和泥，又有许许多多的小泥人在她的手中诞生了。这些可爱的小人儿一落地就围着女娲欢呼、跳跃，并亲切地叫她"妈妈"，以表达对女娲赋予他们生命的感激。然后，他们就成群结队地离去了。

看到这些小人儿，女娲充满了惊讶和安慰。她就继续工作着，于是越来越多活生生的小人儿从她手中来到了地上，女神就随时能够听到周围人的欢笑声了，她再也不感到寂寞和孤独了，因为大地上有了

■女娲造人雕刻

她创造的儿女。

女娲还想让这些机灵的小生灵布满大地，但是大地毕竟太大了，她工作了很久，还是远远没能达到她的愿望。十分疲劳的女娲，于是想出了一个办法，她找到一根树枝，把它放到水塘中，然后把水塘搅混，使树枝沾满了泥，然后她把树枝用力一甩，泥点落到地上，竟也变成了一群群小人儿。

■女娲补天塑像

女娲高兴极了，她不停地甩着树枝，不久，大地上便布满了人类的踪迹了。从此，人类在大地上生活繁衍，生生不息了。

女娲是我们中华民族文化发展史上流传时间最久、影响最大、流传最广的神话传说人物，关于她的传说很多，影响也非常广泛而深远。

据有关文献记载，女娲传说在战国时期就已经很广泛了。最早提出女娲神话传说的是战国时期楚国著名诗人屈原，他在诗歌《天问》中说：

女娲有体，孰制匠之？

这句话意思是：传说创造人类的女娲具有怪异的形体，那么女娲怪异形体又是什么匠人创制并图画出来的呢？东汉人王逸第一个在为《楚辞》作注时说，

《天问》 战国末期楚国诗人屈原的代表作，全诗373句，1560字，多为四字一句，也有三字、五字、六字、七字或八字一句，起伏跌宕，错落有致。全诗从始至终，完全以问句构成，一口气对天、对地、对自然、对社会、对历史、对人生提出了173个问题，被誉为"千古万古至奇之作"。

■女娲造人石刻

神话传说与文化内涵

《山海经》是先秦时期记载我国神话、地理、植物、动物、矿物、物产、巫术、宗教、医药、民俗、民族的古老神话奇书。《山海经》共18卷，包括《山经》5卷，《海经》13卷，其中保存了不少远古神话传说。据说，《山海经》是西汉刘向、刘歆父子把先秦各地的古老资料合编在一起而成的著作。

在传说中，女娲是人头蛇身。这就把屈原所说女娲的怪异形体具体化了。

在我国先秦重要古籍《山海经》中，记述传说中的女娲可以化育万物，最后她自己的肠子也化为了神人。东汉时期学者应劭写的研究古代风俗和鬼神崇拜的书《风俗通义》中，对女娲抟土造人的神话传说，也作了生动记述。

据北朝时北魏地理学家郦道元所著的《水经注》中记载，在渭河支流葫芦河畔有一座古老的女娲祠，还有女娲洞，又有女娲庙，用以祭祀女娲，在陇城又称"娲皇故里"。女娲以风为姓，所以这里还有和女娲有关的地名风台、风莹、凤尾村等。

在我国历代古籍中关于女娲的记述，大多是经历汉族长期口口相传之后，再由后世历代文人加工载录形成的。

鉴于女娲对人类初创所做出的巨大贡献，后世的人们就把女娲尊奉为女皇。在河南涉县唐王峣山腰就有一座娲皇宫，传说是女娲抟土造人的地方。

娲皇宫始建于北齐，是人们为了祭祀女娲而修建的，也是我国最早的奉祀上古天神女娲氏的古代建筑。在我国云南的苗族、侗族地区，还把女娲作为本民族的始祖加以崇拜。

女娲造人的神话传说，蕴含着中华民族对自己创世纪历史的深邃认识和浅近质朴的表述。女娲用"黄土"孕育了中华民族，既浪漫而生动地揭示了女娲始祖孕育中华民族的历史，也科学反映了中华民族的发源地来自黄土地，它是古代劳动人民对自然现象和人类起源的一种朴素的解释和美丽向往。

女娲是中华民族的共同人文始祖，是中华民族伟大的母亲。女娲文化博大精深，内容丰富，是史前文明和中华民族优秀的传统文化，它所承载的"造化自然、造福人民、博爱仁慈、自强不息"的思想内涵，已经内化为了中华民族伟大的民族品性，支撑着中华民族数千年来源远流长和传承不衰的古老历史。

阅读链接

据传说，女娲是一个真实存在过的部落女首领，主要活动在黄土高原，她的陵寝位于山西洪洞赵城镇东的侯村。赵城县的位置，正在《尚书·禹贡》所记：冀州之城的"中镇名山"霍山之麓，这里正在女娲主要活动范围之内。倾一生之力为缔造人类而献身的女娲最后长眠于此，是很有可能和顺理成章的事情。

女娲陵的存在时间在三四千年以上，是我国古代皇帝祭奠的庙宇。当地在每年农历三月初十前后，要举行长达7天的大型庙会和祭祀活动。

女娲炼石补天消除洪灾

那是我们祖先生活的母系氏族社会时期，有一天，人们正在劳动，突然间听到一声巨响，紧接着人们感到脚下的大地开始抖动，就连对面两座山也左右摇晃着撞在了一起。

霎时间，两座山由内而外喷出火焰、泥浆，从山顶滚滚而下，环抱群山，还发出"轰轰隆隆"的怪声，飞沙走石，一条山谷很快就被泥浆掩埋了。山顶喷发出的黑色烟雾瞬间淹没

■ 女娲 又称女娲氏，娲皇，是我国传说时代的上古氏族首领，后逐渐成为我国神话中的人类始祖。根据神话记载，女娲人首蛇身。女娲的主要功绩为抟土造人，以及炼石补天。其他的功绩包括发明笙簧和规矩，以及创设婚姻。后世女娲成为民间信仰中的神祇，被作为人类始祖和婚姻之神来崇拜。

■女娲造人雕塑

了整片山林，变成了漆黑一团。

■女娲补天场景

天昏地暗，日月无光，暴雨伴随着泥石流，从山上奔腾而来，洪峰铺天盖地，高达几十米甚至上百米，那种摧枯拉朽的狂潮，瞬间将人们的生命财产毁于一旦。

面对突如其来的自然灾害，幸存下来的人们在女首领的领导下，迅速迁移到远离灾区的山洞里住了下来。然后，女首领组织大家积极想办法进行抗灾救灾，人们紧密团结在一起，终于度过难关。

后来，人们为了纪念这位女首领带领人们面对自然灾难进行艰苦抗争的事情，就把这位女首领与抟土造人且具有无限爱心的女娲联系了起来，创造了一个生动的传说故事。

传说，那是在天神女娲创造人类之后，大地上非常祥和，在很长一段时间内，女娲的子孙们都过着无

天神 指天上诸神，包括主宰宇宙之神及主司日月、星辰、风雨、生命等神。佛教认为，天神的地位并非至高无上，但可比人享有更高的福祉。天神也会死，临死前会出现衣服垢腻、头上花萎、身体脏臭、腋下出汗和不乐本座等五种症状。

忧无虑的生活。

有一年，水神共工和火神祝融，为了争当领袖大战了一场。共工战败后，气得用头撞了西方的不周山，结果把这座撑天的大柱撞塌了，天穹的四边也被撞毁了，天上塌陷出了一个巨大的窟窿。于是，天河里的水就顺着窟窿哗哗地倾泻了下来，淹没了田地、庄稼、牲畜和房屋，使得成千上万的人被这场天灾夺去了生命。

女娲眼看着她亲手创造的子孙们遭受如此灾难，焦急万分，于是她决心炼石把天上的缺口补起来，这样就可以把她的子孙们从灾难中解救出来。

于是，女娲周游四海，遍涉群山，最后选择了东海之外的海上仙山天台山作为炼石之地，因为只有天台山才出产炼石用的五色土，是炼补天石的绝佳之地。

女娲在天台山顶上堆巨石为炉，取五色土为料，又借来太阳神火，历时九天九夜，炼就了五色巨石36501块。然后又历时九天九夜，用36500块五彩石将天补好，剩下的一块便遗留在天台山中汤谷的山顶上了。

天是补好了，可是却找不到支撑四方的柱子。要是

■ 女娲补天雕塑

没有柱子支撑，天就还会塌下来的。情急之下，女娲想到把背负天台山的神鳌四只足砍下来支撑四方。此时，炼石的芦柴已经烟火散尽，天空已经是碧青一色，女娲只好用剩下的芦灰填平地上洪水泛流时冲起的沟壑。

女娲补天之后，天地定位，洪水归道，烈火熄灭，四海宁静。人们终于摆脱了灾难，重新过上了安居乐业的生活。大地上又出现了祥和的气氛，人们脚踏着比以前更加肥沃的土地，头顶着比以前更加明朗的晴天，无忧无虑，从此幸福快乐地生活着。

■女娲补天

这个女娲补天的神话故事，讲述的是母系社会女娲作为部落首领率领部落与自然灾害顽强抗击的事件。这则上古时代的神话故事最早记载于我国先秦重要古籍《山海经》之中。此外，在汉代史学家司马迁著的《史记》也有记载。在古典著作《竹书纪年》《淮南子》《太平御览》等书中也均有记述。

女娲是中华民族世世代代歌颂的对象，是民间恒久崇拜的创世女神和始祖神。在我国，民间传说女娲炼石补天的地方有多处。

在山东日照的天台山上，有女娲补天台的景观，在补天台下有被斩了足的神鳌和补天剩下的五彩石，

司马迁 字子长，生于西汉时夏阳，即今陕西省韩城。西汉史学家和文学家。被世人称为"历史之父"。他所著的《史记》是我国第一部纪传体通史，同时在文学上取得了辉煌的艺术成就。因此，鲁迅称之为"史家之绝唱，无韵之离骚"。

人们称之为太阳神石。

在陕西平利还有一座女娲山，山上建有女娲庙，气势宏伟，殿宇众多。据当地人们讲，当时女娲在炼石成功后，她奋力举石补天，第一脚踏力过猛，将此山踏歪偏向山南一侧了，故得名"偏头山"。

在山西晋东南的太行山，传说还留下了女娲炼石补天的遗迹，还有娲皇庙、娲皇宫等古老的纪念建筑。其中平定的东浮山，传说是女娲炼石灶的地方，周围还堆积有许多五颜六色和布满孔隙的浮石。据当地人们传说这就是女娲炼石时所产生的石渣。

在甘肃有一些地方，传说女娲补天时间为农历的正月二十。每逢这一天，人们就要家家烙煎饼，并在上面插上针，穿上红线，摆在地窖、水井、厅堂等地方，以纪念女娲补天。

女娲补天的神话，为我们中华民族塑造了一个具有奇异神通而又辛勤劳作的母亲形象，她心中充满了母爱，她的创造精神和坚韧意志力，激励了中华儿女战胜困难的勇气和决心，是中华民族自强不息开拓进取精神的不竭动力。

同时，这个传说还歌颂了女娲为了人类的生存，冒着生命危险而拯救人类，这种不怕牺牲、排除万难、勇于奉献的伟大精神，使得我们中华民族千秋万代生生不息。

神话魅力

神话传说与文化内涵

阅读链接

传说女娲补天的神话是源于华夏先民烧瓦盖房防漏的措施，反映了女娲发明瓦的事迹。瓦坚硬如石，不同土质烧制的瓦颜色各有不同，可以称为"五色石"。当阴雨连绵给人们的生产生活带来不便时，于是聪明的祖先就发明了用瓦覆盖屋顶，表示"炼五色石"以补破漏的天空。人们认为这样的事只有神人女娲才能做到，女娲补天的神话就这样诞生了。

其实，类似女娲补天的神话传说，都是以不同的形式，从一个侧面反映了我国古人的勤劳与智慧。

夸父追日的英雄壮举

  那是在远古时期，由于人们的生产力十分低下，只能靠在野外采集食物为生。同时，受季节变化和天灾影响，食物来源也不充足。因此人们生存需要逐水而居，经常不断迁徙。

  那时，森林中居住了一个叫夸父的部落，随着时间的推移，他们的族群日益壮大。但是，原有的森林被砍伐得越来越少，果实也越来越少，各种生活物资日渐匮乏。

  面对这种状况，部落的人们便想推举一个人出去寻找新的

■夸父追日木雕

■剪纸夸父追日

生活环境，选好之后，再将整个部落迁徙。而且当时的人们已经认识到太阳是人们所必需的光和热的来源，是影响人们日常生活与生产活动的关键。人们看到太阳每天从东方升起，从西方落下，于是认为在太阳落下的禺谷里，阳光一定是最充足的，对于因资源不足而面临困境的人们，迁移到那里去必定是一个最好的选择。

于是，夸父便带着大家的希望，向西寻找太阳落下的禺谷。走着走着，他发现自己走进了沙漠。在沙漠之中，夸父看到周围全是黄色的沙丘，白天一片酷热，干渴令他难以忍受。在长途跋涉中，他的体力迅速下降，最后倒在了沙漠之中。于是，夸父的族人就把夸父追太阳的事迹口口相传下来，形成了一个神话故事。

传说，那是在远古时期，北方荒野中有座巍峨雄伟的高山。在山林深处，生活着一群力大无穷的巨人。他们是土地神后土的子孙，过着与世无争和逍遥自在的日子。这群人的首领叫夸父，他身强力壮，高大魁梧，意志力坚强，气概非凡，还心地善良，辛勤勇敢。

有一年天气分外炎热，火辣辣的太阳直射大地，烤死了庄稼，晒焦了树木，晒干了河流，人们因为难以忍受炎热也都纷纷死去了。

夸父看到这样的情景难过不已，他仰头望着太阳，再看看愁苦不堪的族人，然后狠下心对族人说："太阳实在可恶，我要追上太阳，捉住它，让它听我指挥。"

神话魅力

神话传说与文化内涵

族人听后纷纷劝阻说："你千万别去啊！太阳离我们那么远，你会累死的。"

但是，夸父心意已决，发誓要捉住太阳，他说："为了大家的幸福生活，我一定要去！"

太阳刚刚从海上升起，夸父就告别族人，胸怀雄心壮志，从东海边上向着太阳升起的方向迈开大步，开始了逐日的征程。

太阳在空中不停地移动，夸父在地上风驰电掣地拼命追赶。他穿越了一座座大山，跨过了一条条河流，大地被他的脚步震得"隆隆"作响，左右摇晃。

夸父跑累了就在地上稍微打个盹儿，将鞋里的土抖落在地上，于是变成了大土山。饿了他就摘野果充饥，有时候也就地取材煮饭，他用3块石头架锅，这3块石头就成了3座鼎足而立的高山，有几千米高。

就这样，眼看着离太阳越来越近，夸父的信心也

后土 炎帝的后代，共工的儿子。因为他平定九州有功，后人把他与黄帝一起作为地神来祭祀，还把他的称号作为官名。汉代时开始建有"后土祠"。后来被道教尊为与主持天界的玉皇大帝相对应，主宰大地山川的女性神灵，称为后土皇地祇，又叫后土娘娘。

■夸父追日石

■ 夸父追日

神话魅力

神话传说与文化内涵

渭河 古代叫渭水，是黄河的最大支流。发源于甘肃渭源县鸟鼠山，主要流经关中平原的宝鸡、咸阳、西安、渭南等地，到潼关汇入黄河。渭河流域是中华民族人文初祖轩辕黄帝和神农炎帝的起源地。

越来越足。然而越接近太阳，他就感觉渴得越厉害，捧河水喝也不能止渴，但他仍然没有退缩。

夸父历经九天九夜，在太阳落山时，他终于追上了太阳。红彤彤、热辣辣的火球，就在他的头上，万道金光，照射在他身上。

夸父无比欢喜地张开双臂，想把太阳抱在怀里。可是太阳的炽热，让夸父感到又渴又累。于是，他就跑到黄河边，一口气把黄河的水喝干了。接着他又跑到渭河边，把渭河水也喝干了，但仍不解渴。他又向北跑去，因为那里有纵横千里的大泽。但是，夸父还没有跑到大泽，在半路上就已经累得奄奄一息了。

夸父知道自己已经生命将尽，心里充满了遗憾，他还牵挂着自己的族人。于是，他使尽最后的力气，将手中的拐杖扔了出去，然后倒下了。拐杖落地的地方，顿时生出大片郁郁葱葱的桃林。从此，这片桃林终年茂盛，为往来的过客遮阴，并结出硕大的鲜桃，为勤劳的人们解渴。

没能抓住太阳的夸父虽然累死了，可是他不怕牺牲、勇敢追日的精神却为天帝所感动，因此天帝对太阳进行了惩罚。从此，夸父部落，连年风调雨顺，五谷丰登，万物兴盛，天下太平。

夸父死后，他的身体变成了一座大山，人们称之为"夸父山"。夸父山位于河南灵宝西35里的灵湖峪和池峪中间。山的北面，有一座好几百里宽的桃树林，传说就是夸父死时扔下手杖变成的桃林。还有湖南也有一座夸父山，上面还有夸父架锅的3块巨石。

为了纪念夸父舍己为人的大无畏精神，人们尊崇夸父为夸娥氏，把夸父的后人也尊为天神，夸父的两个儿子也被天帝封为大力士。

在我国古籍《山海经·海外北经·夸父与日逐走》里记载：夸父与太阳竞跑，想摘下太阳，放到人的心里，人如太阳永远光明向上，温暖不息。他一直追赶到太阳落下的地方，他感到口渴，想要喝水，就到黄河、渭水喝水。黄河、渭水的水不够，又去北方的大湖喝水。他还没赶到大湖，就半路渴死了。他遗弃的手杖，化成桃林，成为了人类的桃花源。

这则神话故事，表现了夸父的宏大志向和雄伟气魄，也反映了我国古代人民探索大自然、征服大自然、战胜自然的强烈愿望和顽强意志。尤其是夸父勇于探索、不怕牺牲、造福人类的可贵精神对后世影响非常大。人们常用"夸父追日"来形容积极向上、不懈追求的美好精神。

阅读链接

关于"夸父追日"的神话，还有另一种说法：

古代巴国有一叫夸父的人，由于年代久远，自己的祖先究竟来自哪里已经不清楚了。于是，夸父为了追寻自己祖先的真正来源，他从巴国出发，到黄河流域去看个究竟。可是，他走遍了黄河和渭河流域，尽管看了许多人为祖先建造的祠堂，却始终没有找到真正关于祖先来源的证据。没有找到自己想要找到的正宗祖宗，他只好继续寻找，直到累死在他乡，心里都还在想着一定要寻找到祖先的来源。

小鸟精卫衔石填海

那是在尧帝时期，在大地上出现了一场海水倒灌陆地的大灾难。近千米高的洪峰，以雷霆万钧之势，咆哮着冲向陆地，吞没了平原谷地，吞没了所有生灵。高山在波涛中颤抖，大陆在剧变中呻吟，绝大多数人都丧生在这场巨大的洪水之中了。

精卫填海雕塑

这种桑田一时间变为沧海的大灾难，吞没了人们的生命财产，给人们带来前所未有的损失，这种灾难是刻骨铭心的，于是幸存下来的人们便产生了想抵御自然灾难的想法。

由于大海夺去了许多人的生命，人们还想向大海报仇，产生了填平大海的愿望和征服

■精卫填海壁画

大海的决心。所以，人们就编造出了精卫填海这样一个神话故事。

相传那是在远古的时候，神农炎帝有4个女儿，其中最小的女儿名叫女娃。女娃从小就十分活泼可爱，也是炎帝女儿当中长得最漂亮的一个，因而最得炎帝的宠爱。女娃天生长了一张叫人忘忧的脸，无论谁有多么烦恼的事情，看见她就立刻豁然开朗，所以家里人全都喜欢她。

在欢喜之余，家里人也常常为她担忧，因为她喜欢做的事，往往是出人意料的。有时一眨眼的工夫，就不知道她跑哪儿去了，弄得全家人到处找她。

有一次，女娃无意间跑到她家附近的森林，惊奇地发现眼前有一片一眼望不到边的大海。瞬间，她就被吸引了，情不自禁地往大海的方向跑去。一会儿工夫，山丘、树林全都被女娃落在身后了，打在岸边的

尧　上古五帝之一，史称"唐尧"。他是原始社会末期的部落联盟长。当他得到帝位以后，便在唐县伏城一带建立了第一个都城，后来迁都平阳。他当政时期，天下安宁，世风祥和，因此，人们将帝尧的时代视为农耕文化出现飞跃进步的时代。

海浪，也看得越来越真切了。

女娲面向深蓝色的海洋，深深地被迷住了。她似乎没有注意到低沉的浪涛声里有一股庞大而神秘的力量，而迎面而来的海风，除了有点咸咸的湿气以外，还特别带着一股腥膻的味道。

女娲双脚踩在细细软软的沙地上，很快就开心地玩耍起来。有时候追逐海浪，有时候堆砌沙子，完全忘了时间的流逝，也没发觉海水越来越向她靠近。

接着，她还踏上了一条小船，在海面上轻轻荡漾。海风微微地吹拂着海面，海浪柔柔地起伏，带着小舟往大洋深处漂去。

突然间，平静的大海变了脸，太阳也不见了，轻轻的海风发出激烈狂野的声音。大海的浪涛越来越高，女娲的力气越来越弱，女娲被漩涡吸进了深渊，喧嚣的涛声掩盖了女娲求救的声音。

女娲用尽全身力气挣扎，但没过多久就没有力气了，可是她还不死心："我要回去！"她不停地在心底呐喊着。

就在女娲仅剩最后一丝气息的时候，她仿佛看到了炎帝就在她面

神话魅力

神话传说与文化内涵

■精卫填海沙雕

前。于是，她放声大喊，好像获取到了一股神奇的力量。

刹那间，海水松了手，女娃觉得自己已经飘飘地离开了水面。她激动地嘶喊出来，可是，听到的却不是自己的声音。她再喊，还是一样陌生的声音。这时她才发觉，自己的嘴、身体、手、脚，已完全变成鸟的样子了，头上还留着一小撮带有花纹的羽毛。

■精卫填海

女娃变成了一只鸟，她的身子黑黑的，有点像小乌鸦。可是它的嘴是白色的，爪子是红色的，脑袋上还有花纹。

女娃闭上眼睛，仿佛又听见炎帝呼唤她的声音。于是，她拍着单薄的翅膀，奋力飞向她平日熟悉的森林。森林的树仍像以前一样，在风中摇摆，可是她再也跟以前不一样了。

女娃越想越恨，大海那么凶暴，不知道还有多少人会跟她一样哪！她决定填平大海，消除大海这个祸害。于是，她停下来，衔起山中的石子，转身又向大海飞去，将石子丢进那浩瀚无边的大海。她发誓，不填平大海，决不回家。

日复一日，年复一年，她始终在西边的森林和东边的大海之间来回飞行，然后把一颗颗小石子投入海中。它黑色的身影，在一望无际的海面上，显得分外

炎帝 烈山氏，号神农氏，又称赤帝，与黄帝并称为中华"人文始祖"，是我国远古时期的部落首领。他与黄帝结盟并逐渐形成了华夏族，因此形成了炎黄子孙。传说炎帝部落早期生活在宝鸡的姜水地区，后来壮大辐射到其他地区，炎帝老年时生活在湖南炎陵，葬于茶陵。

渺小。

每当大海向她示威咆哮的时候，她也毫不示弱地发出它的叫声"精卫、精卫"，声音很凄厉，所以后来人们便把这只鸟称为"精卫"。精卫用这样的方式激励自己的斗志，它要以锲而不舍的精神，将东海填平，使海水不再兴风作浪，不再危害人们。

精卫填海在我国远古神话中十分有名，也是最感动人的故事之一。后来，人们同情精卫，钦佩精卫，在东海边上立了个古迹，叫作"精卫誓水处"。这则故事还被记载在我国先秦古籍《山海经》中，在民间广为流传。

精卫填海的故事充满了我们祖先想要征服大海、征服自然的强烈愿望和决心，同时也充满了无尽的伤痛，体现了我们祖先不屈不挠与自然抗争的精神。也正是因为具有这种坚持不懈、无所畏惧的精神，才支撑着我们祖先得以战胜各种困难，度过那艰难万险的年代。

精卫坚韧、顽强的性格深深烙印在每一个中华民族的子孙身上，人们常用"精卫填海"来赞扬那些按既定目标坚持不懈奋斗到底的精神，同时也赞美那些在困难面前无所畏惧并勇往直前的人们。

阅读链接

传说，精卫填海中的"发鸠山"，是山西长治的发鸠山。发鸠山由3座主峰组成，峰峦叠起，云涛雾海，景色奇特。发鸠山的庙宇大多与精卫鸟有关。传说，精卫填海神话中的"东海"是指浊漳河的发源地，就是发鸠山东麓的"四星池"。

离发鸠山约10余千米的地方有申村水库。当地有人建议将申村水库改为"精卫湖"旅游公园，借十里碧波和水上风光招徕四方游人，同时发扬光大"精卫填海"的精神，让古老的发鸠山再度焕发它的青春。

大羿射九日为民除害

那是在原始社会父系氏族公社时期。有一年，天空中突然出现了几个和月亮大小差不多的物体，看上去又和太阳一样，把大量热量辐射到地球上，造成大地极度干旱，民不聊生。

大羿射日塑像

在当时，生活在东夷地区的夷羿是一个延续了许多年代的部族，这个善射善战的民族在历史的发展中先后涌现出许多英雄，同时创造了许多伟大的功业。

于是，人们就把征服自然

■ 大羿领命射日浮雕

作揖 我国古人
见面时的一种行
礼形式，一般是
两手抱拳高拱，
身子略弯，表示
向人敬礼。作揖
礼是古人日常生
活中常见的社交
礼仪，在向人致
谢、祝贺、道歉
及托人办事等也
常行作揖礼。在
到人家做客时，
在进门与落座
时，主客相互客
气行礼谦让，这
时行作揖礼。

的意志和愿望，集中在大羿这个人物身上，通过想象转化成为了具体的形象和生动的情节，并创造出了一个神话故事。

传说在上古时期，天空出现了10个太阳，他们都是东方天帝的儿子。这10个太阳跟他们的母亲共同住在东海边上，她经常把10个孩子放在东海洗澡，洗完澡后，让他们像小鸟那样栖息在一棵大树上。其中9个太阳栖息在长得较矮的树枝上，另一个太阳则栖息在树梢上。

当黎明需要晨光来临时，栖息在树梢的太阳便坐着两轮车，穿越天空，照射人间，把光和热洒遍世界的每个角落。10个太阳每天一换，轮流当值，秩序井然，天地万物一片和谐。人们日出而作，日落而息，生活得既美满又幸福，人和动物也能和睦相处。那时候，人们感恩于太阳给予他们的一切，经常面向天空磕头作揖，顶礼膜拜。

久而久之，这10个太阳就觉得这样重复实在无聊，他们想要一起周游天空，认为那样肯定很有趣。于是，当黎明来临时，10个太阳一起爬上双轮车，踏上了穿越天空的征程。这样一来，大地上的生灵可就接受不了了。

10个太阳像10个大火团，他们一起放出的热量烤焦了大地，烧死了人和动物，所有的树木庄稼和房子都成了灰烬。那些在大火中幸存苟活的人和动物，发了疯似的四下流窜，到处寻找可以躲避灾难的地方和能救命的水和食物。

然而河流干枯了，大海也面临干涸，鱼类也都死光了，水中的怪物便爬上岸偷窃食物。农作物被烧焦而枯萎，供给人和家畜的食物源断绝了，人们在火海灾难中苦苦挣扎，祈求上苍的恩赐。

这时，出现了一个叫大羿的年轻人，他的箭法超群，百发百中。于是，他被天帝召唤去，领受了驱赶

东海 也叫"东中国海"，是指我国东部长江外的大片海域。自古以来至元代时，这片海域都称为东海。明代的《坤舆万国全图》一书中，把这片海域称为大明海。元代和明代以后，这里渐称东海。现代各大国际媒体，皆称此海域为东中国海。

031

洪荒演义

上古神话

■大羿射日浮雕

■大羿射日雕塑

太阳的使命。

大羿看到人们生活在火难之中，十分不忍心，便暗下决心，一定要射掉那多余的9个太阳，拯救这些黎民百姓，帮助他们脱离苦海。

于是，大羿爬过了99座高山，跨越过了99条大河，穿过了99个峡谷，终于来到了东海边。他登上一座大山，山脚下就是茫茫的大海。

大羿拉开了万斤重的弓弩，搭上千斤重的利箭，瞄准天上火辣辣的太阳，"嗖"地一箭射去，第一个太阳被射落了。紧接着，大羿又拉开弓弩，搭上利箭，"嗖"地一声射去，射落了第二个太阳。

就这样，大羿一支接一支地把箭射向太阳，无一虚发，射掉了9个太阳。中了箭的9个太阳一个接一个地被射落了，他们的光和热也随之一点一点地消失，直到最后剩下一个太阳。这个太阳害怕极了，就按照大羿的吩咐，老老实实地为大地万物贡献光和热。

从此，这个太阳每天从东海边上升起，晚上从西边山上落下，温暖着人间，保证万物生存，人们得以安居乐业。但是，大羿却因为射杀了天帝的9个儿子，也就是那9个危害人间的太阳，受到天帝严厉的惩罚。

后来，这个上古时期的神话故事，在民间口口相传，直到西汉时，被淮南王刘安记载在《淮南子》一书中。大羿的功业也流芳千古，成为万民仰视的英雄。

传说，大羿射日的故事发生在江苏射阳，相传射阳一名由大羿射日而来。还有说大羿射日所在地在山西屯留三峻山，山上一直供奉着大羿，当地百姓称大羿为羿神。

"大羿射日"的神话，肯定了人在天地间的积极作用，反映了古代劳动人民不愿受到奴役，希望冲破枷锁重新获得自由的愿望。同时体现了我国古代劳动人民那种朴素的征服自然的精神。

中华民族特有的这种善良、智慧和勇敢的精神，寄托了人们改造自然、追求美好生活的理想。同时，它也是一种创造力，一种打破常规的非常意识，对后世产生了很大的影响。

阅读链接

我国历史上和神话传说中都有"后羿"这个名字，一个是神话传说人物，是上古的大羿；另一个是历史人物，是夏代的后羿。

据史料记载，历史人物后羿又称"夷羿"，是夏王朝时东夷族有穷氏首领、有穷国国君，他也是一个射术高超的英雄。后羿统一了东夷各部落方国，组成了一个强大的国家。夏王仲康死后，他的儿子相继位。不久，后羿驱逐了相，自己当了夏的国王，是为夏王朝第六任帝王，后被自己的家臣寒浞所杀。

伏羲开创中华文明

那是在原始社会新石器时代早期，我们的祖先生活在一个蒙昧时期。他们睡觉的时候拿石头做枕头，拿绳网做床，在肃杀的秋天里会囤积食物，冬天就待在洞穴里很少出来，就这样生活在天地之间。

那时人们的思维非常简单，头脑中完全没有方向感，走起路来也不知道该如何走好，人们除了填饱肚子以外，不知道还能做什么，不知道生活的目的所在，更谈不上生活的向往。

■ **伏羲** 是古代传说中中华民族的人文始祖，是我国古籍中记载的最早的王，是我国医药鼻祖之一。相传伏羲是人首蛇身，与女娲兄妹相婚，生儿育女，他根据天地万物的变化，发明创造了占卜八卦，创造文字结束了"结绳记事"的历史。他又结绳为网，用来捕鸟打猎，并教会了人们渔猎的方法，发明了瑟，创作了曲子。伏羲称王111年以后去世，留下了大量关于伏羲的神话传说。

当时，禽兽虫蛇都有利爪、钢牙、毒液，而人没有，却奇迹般的生活下来。但是，因为生活环境的恶劣，当时人的寿命都很短，大多数的人都死于青壮年阶段。

后来，有一位以龙为图腾的氏族首领伏羲，他聪慧过人，制服了野兽，统一了部落。又为改善当时人们艰苦的生活创造出了许多生存方法，使人们结束了只以采集狩猎为生的生活，开始了原始畜牧的定居文明时代。

■伏羲画八卦图

因为伏羲是创造人类文化的伟大英雄，因此，人们把他尊为人类之王，敬仰他、崇拜他、歌颂他，并把他的事迹编成带有神奇色彩的神话口口相传下来。

传说，上古时期，华夏大地的西北地区有个华胥国。这是一个充满神秘色彩的国度，他们都有超出常人的能力，能来去自如于水火之中，不会被溺死烧死；能如履平地在天空行走，不受任何东西干扰。华胥国有一个名叫"华胥氏"的姑娘。她每天都游历于天地之间的名山大川，欣赏奇妙瑰丽的自然风光。

有一次，她去东方一个名叫"雷泽"的大沼泽游玩，偶然看到沼泽边有一个巨人的脚印，由于这个脚印大得出奇，华胥氏觉得很有意思，就好奇地将自己的脚踩了上去。谁知道她刚一踩下，身子忽然有一种异样的感觉，腹中悸动了一下。后来，经过十月怀胎，就生出一个儿子，叫伏羲。伏羲的父亲就是那个

龙 我国古代传说中的神异动物，身体像蛇，有鳞，有角，有脚，能走，能飞，能游泳，能兴云降雨。在我国封建时代，龙是帝王的象征。后来，龙成了我国的象征、中华民族的象征、我国文化的象征。在中华文化区，一些民族自称龙的传人，有"炎黄子孙""龙的传人"之说。

■伏羲雕塑

留下巨大脚印的雷神。

雷神是雷泽湖的主人，人头龙身，半人半兽。所以伏羲的长相与众不同，他长有人的头，蛇的身子，从小就具神通。能沿着天梯自由来去于天上、人间。

伏羲长大后，成为了万民之王"东方天帝"，位居"三皇"之首。当他眼看着人们吃着腥膻的生肉使他们生胃病、坏肚子；吃野菜、野果使他们消化不良，心中很万分难过。

为了改善人民的生存条件，伏羲发明了烹饪的方法，教人们用火烤食物再食用，使得食物更易于被人体消化和吸收，这样人们就不用遭受因食物而引起身体不适的折磨。

伏羲不仅是一位体恤人民的天帝，也是一位了不起的文化始祖。他上知天文、下知地理，并且熟悉人间万物的自然法则。

华胥氏 是伏羲、女娲的母亲，称为华胥氏。相传华胥踩雷神脚印，有感而受孕，生伏羲。在我国陕西一个叫华胥的地方。古往今来，上百种中华典籍中均记载着一个叫华胥氏的氏族女首领及其儿女伏羲、女娲的故事。其实，华胥氏的历史比黄帝还要长得多。

他发明了八卦，以乾代表天，坤代表地，坎代表水，离代表火，艮代表山，震代表雷，巽代表风，兑代表泽。伏羲教人民用这几种符号记载万事万物，以此来替代原有用结绳记事的方法。让人民利用八卦进行占卜吉凶，希望得到神意的指示。

伏羲效法蜘蛛结网，把绳子编织成网，教人民捕鱼打猎；还与女娲共同发明琴瑟，创作乐曲；他还制定姓氏，将人们分为不同的氏族，他自姓为风氏。他的众多举措，开启了人类最早的文化活动，使先民从蛮荒转入了早期文明。

据文献记载，伏羲氏族发祥于天水渭水流域，有关伏羲的传说和民间风俗在渭水上游古成纪的地理范围内广为流传。因此，甘肃省天水一直有"羲皇故

占卜 意指用龟壳，铜钱，竹签，纸牌或星象等手段和征兆来推断未来的吉凶祸福的迷信手法。原始民族对于事物的发展缺乏足够的认识，因而借由自然界的征兆来指示行动。但自然征兆并不常见，必须以人为的方式加以考验，占卜的方法便随之应运而生。

洪荒演义

上古神话

■伏羲陵太极门

里"的称号，被公认为中华古文明的重要发祥地之一。

伏羲庙在全国也有很多处，有河南淮阳的太昊陵、天水的伏羲庙、卦台山伏羲庙、泰安泰山庙的伏羲庙和河北新乐伏羲台。其中，淮阳的太昊陵规模最宏大，占地58公顷，肃穆庄严，始建于春秋，增制于盛唐，完善于明清，经历了3000多年的风风雨雨，祭祀活动绵延千年历久不衰。

伏羲开创的远古文明，推动了社会生产力进一步发展，为我国人类早期社会摆脱蒙昧跨入文明阶段做出了重大贡献，使中华文明薪火相传，源远流长。

同时伏羲的"开天明道"之功，开创了中华文明的先河，奠定了几千年中华文明繁荣昌盛的根基。因此，伏羲得到了子孙世代的崇敬，被后人尊称为"三皇五帝之首""百王之先"、中华民族"人文始祖"，受到后人的永远景仰。

神话魅力

神话传说与文化内涵

阅读链接

传说，伏羲为了替天下人谋幸福，足迹走遍神州，有一次来到孟沽之津时，只见波涛拍岸，烟雾乍起，水中跃出一只麒麟，背上背着一个东西。伏羲默想："这个东西如果有利于世人，应当走过来给我看。"这时只见那麒麟立即跳上岸来，然后站立不动了。伏羲走近一看，麒麟背上有一图，图上共画有55个点，都含阴阳之数，这就是河图的来历。

于是，伏羲据河图进行推演，首先是太极，其次是两仪，接着是四象，最后是八卦，它们是宇宙形成的过程，最后发明了八卦，被称为"先天八卦""伏羲八卦"。

神农尝百草解救苍生

那是在原始社会新石器时代，随着生产力的发展，人类过上了相对安稳的生活，人口也逐渐增多。但是，可供食用的食物却在人类的捕杀和采摘中不断减少，人们常常苦于食不果腹。

人们在采摘的过程中，经常会看到一些结有果实的植物，但这些植物却和杂草混合生长在一起，谁也分不清哪些能吃哪些不能吃。

这时，有一位部落首领就一种一种地试尝，一样一样地试种，最后从中筛选出了菽、麦、稷、黍、稻这五谷。他把这些植物的种子种

■神农铜像雕塑

耒 我国先秦时的主要农具之一，传说它是神农氏发明的，常与耜并称。耒的形状像后来的铁锹和铧，是一种曲柄起土的农器，用来翻土，也叫手犁。最早是木制的，后来用金属制作。各地都曾出土过木耒、骨耒，青铜耒出现于商代晚期。

在地里，长出的果实提供给人民，这样人们就不会再遭受饥饿的困扰。

由于他教人民耕种庄稼，彻底解决了人民的饥饿问题，百姓得以更好生存，所以，后人尊他为"五谷爷""农皇爷""神农氏"，还把他的事迹编成故事讲给后人听。

传说，炎帝在刚刚诞生时就与众不同，据说他3天就会说话，5天就会走路，9天就长齐了牙齿。待到他长大成人后，更是一副超出常人的长相，额头长得宽，嘴巴长得大，身长八尺七寸，而且粗壮结实，力大无穷。

有一天，炎帝看到一只遍身通红的鸟，嘴里衔了一株带穗的禾苗在空中飞过，穗上的谷粒落在地上，他便把它们拾起来种到了田里。这些谷物长成后，人们吃了便可以充饥。于是，他就教给人类如何播种如何收获。

炎帝教百姓春天时在开垦过的土里播种，经常施肥灌溉，拔除芜草，到秋天时就能丰收获粮食。他看见人民耕作栽插十分辛苦，就断木做耒，揉木做耜，创作农具。

炎帝又委任仙人赤松子为雨师，观测气象，调节晴雨。从此，年年五谷丰登，人们再也不愁衣食。大家都非常感谢

■ 炎帝画像

■三祖堂炎帝壁画

炎帝的恩德，所以尊称他为"神农"。

后来，在炎帝巡视四方时，看见百姓大多面部黄肿，有风湿之病，而老、弱、病、残深受疾病之苦，心中十分不安，于是，他就踏遍三山五岳，采集天下异草来给人们治病。

炎帝有一条神鞭，叫作"赭鞭"。世间的各种植物，一经赭鞭抽打，立刻会呈现出自身性质。他就依据草药的不同药性，给病人治病。

为了进一步辨识药物的性味和功能，炎帝便亲自试尝百草。他的身体玲珑透明，从外面即可看清五脏六腑，因此以身试药，就能清楚地看到草药在身体里发挥的作用。有时候中了毒，他马上就能知道中毒的部位，然后找到解救的方法。就这样一次次地尝试百草，然后将温、凉、寒、热的药物各置一处，按照君臣佐使之意，撰写成医术药方，以造福人类。

在炎帝的带领下，人们共同劳作，互相帮助，没

药性 是中药所具有的与治疗作用有关的性能，可概括为四气五味、归经、升降浮沉、毒性等。中药药性是古人在长期实践中，对各种中草药的性质和医疗作用概括总结出来的，并结合中医治疗理论，发展成的中药基本理论，是中医学理论体系中一个重要组成部分。

有奴隶主人之分，收获的果实大家均分，感情就像兄弟姐妹般亲切。

自先秦以来，各种典籍关于炎帝神农的记载都是来自上古神话和传说。记载炎帝的史料，有我国古代经典著作《国语》、战国时魏国史官所作的《竹书纪年》、西汉司马迁写的《史记》、东汉时皇甫谧写的《帝王世纪》，以及北魏地理学家郦道元写的《水经注》等书。

早在黄帝时期，宝鸡这个地方就开始了对炎帝的祭祀。从此以后，宝鸡人民祭祀炎帝相沿成习、经久不衰。传说农历正月十一是炎帝的诞辰，七月初七是炎帝的忌日。在每年的这两天，渭滨、金台四乡八村的群众就来到神农庙、先农坛、炎帝陵、炎帝祠等处，焚香叩拜。

渭河流域从上古流传、积淀下来的生活习俗也丰富多彩。因为炎帝以"火师而火名"，所以，崇火的习俗和礼仪，在宝鸡长期地流传下来。有闹社火、放焰火、举办火龙会、用火避邪祛病等，"崇火、祭火"已渗透于人们的日常生活之中。关于炎帝的各种生动传说更是家喻户晓、人人皆知。

在河南淮阳有座五谷台，传说这是炎帝神农教民稼穑，播种五谷的地方。附近还有一口神农井，传说是神农教民汲

《水经注》 北魏时郦道元所著的，我国古代较完整的一部以记载河道水系为主的综合性地理著作。全书30多万字，详细介绍了我国境内1000多条河流以及与这些河流相关的郡县、城市、物产、风俗、传说、历史等，在我国长期历史发展进程中有过深远影响。

神话魅力

神话传说与文化内涵

■ 炎帝陵

水浇灌五谷而挖掘的。每年正月初五到正月二十人们都来这里祭祀，祈求五谷丰登。

在湖南省炎陵还有一座炎帝陵，传说是炎帝神农氏巡察到这里无疾而逝。这里泉水环流，古树参天，景色秀丽。

炎帝神农为中华文化、中华文明的开创做出了杰出的贡献，为中华民族的始兴和统一奠定了基础。他为人民谋幸福的无私奉献精神、敢为人先的实践精神、造福于民的务实精神，随着中华民族的形成、发展和壮大，其内涵在不断地丰富和扩大，铸造了中华民族的人文品格，成为中华儿女精神力量和智慧的源泉，千百年来激励着中华民族与时俱进、开拓进取、不断创新。

炎帝石像

洪荒演义

上古神话

阅读链接

传说，炎帝神农为了给人治病，带着一批臣民四处奔波寻找药材。他们一直向南走，来到一个云雾缭绕、香气馥郁的山崖下。于是，神农让臣民们砍树干、割藤条，靠着山崖搭成架子，搭了365层，才搭到山顶。到了山顶，他带着臣民尝尽百草，发现了365种草药，能治一百种以上的疾病。

神农氏找到了为民疗病的药，准备下山回家时，发现他们搭架子的树干落地生根，淋雨吐芽，竟然长成了一片茫茫林海。后人为纪念神农氏造福人间的功绩，把这一片林海取名为"神农架"。

黄帝大战蚩尤统一中原

那是在原始社会的新石器时代，随着生产力的发展，产品出现了剩余，集体劳动逐渐被个体劳动所取代，因此产生了私有财产。

后来，以血缘关系结成的氏族开始破裂，一些人逐渐脱离了自己的氏族，到别的地方跟与他们没有血缘关系的人们杂居在一起，同时氏族也不断接纳外来人，于是出现了按地域划分的农村氏族公社。这时，原始社会基本上瓦解，不同阶级之间出现了斗争。

原始社会中晚期，逐渐形成了炎黄、东夷、苗蛮三大集团。其中华夏集团以黄帝、炎帝两大部族为核心并

■黄帝画像

黄炎结盟

沿着黄河南北岸向今华北大平原西部地带发展。同时，在淮河下游以南，兴起的苗蛮蚩尤部落，也逐渐向中原发展。

　　勇猛剽悍的蚩尤族首先用武力击败了炎帝族，占据了炎帝族居住的"九州"。黄帝族为了支援炎帝族，率领以熊、罴、狼、豹、雕、龙等氏族，在涿鹿迎战蚩尤族。最后，涿鹿之战以黄帝族的胜利而终止。战后，黄帝乘胜东进，与东夷部落联盟互结为同盟，形成了最初的中华民族。后来的人们为了纪念黄帝的功绩，把他的事迹编成各种神话故事流传下来。

　　传说，那是在姬水流域的一个叫有熊的部落，一天晚上，部落首领少典的妻子附宝，梦中看到一道电光环绕着北斗星。随即，那颗星星就掉落了下来，附宝由此感应怀孕，24个月后，她生下一个孩子。这个孩子与众不同，生下没多久，便能说话。到了15岁，已经无所不通。后来他继承了有熊国君的王位。因他以土德称王，土色为黄，因此称为黄帝。

　　那时，在距离黄帝部落不远有一个同族部落，首领是炎帝。因为

■三祖堂壁画

神话魅力
神话传说与文化内涵

所在部落的领导不同，所以后来他们在一个叫阪泉的地方展开了一场争夺华夏部落联盟首领的大战。结果炎帝部落战败，并归顺黄帝，因此炎帝退到了南方，这样使得黄帝势力更加壮大。

但是，这场战争并没有彻底结束，炎帝的后裔和属下先后奋起，想为他们崇敬的君主复仇。而率先兴兵讨伐黄帝的是炎帝的苗裔战神蚩尤。黄帝听到蚩尤进攻的消息，急忙调集各种野兽和中原一些部族，在涿鹿迎战。

蚩尤是勇猛异常的人物。他是南方的巨人族，家里的81个兄弟，各个身高数丈，铜头铁额，头上生有坚利的角，耳边长有剑一般的毛发，尖利的程度胜过铁枪铜戟，一头抵来，神鬼莫挡。

蚩尤来势汹汹，呼风唤雨，吹烟喷雾，把黄帝军队团团围在大雾之中，使黄帝的军队瞬间失去了知觉。后来，黄帝的大臣风后受北斗七星的启发，成功制作了指南车，使黄帝军队借此契机冲出大雾的包围，摆脱了蚩尤的追杀。

在黄帝冲出蚩尤的迷雾后，从天而降一位人面燕形的女子，她自称九天玄女，传授给了黄帝兵法战术。她告诉黄帝："蚩尤神力变幻无穷，不是普通兵器就能降服的了。想要战胜蚩尤，光靠兵法还不够，还需要神剑和神鼓。神剑用来杀敌，神鼓用来振奋士气。"说完就翩然升天，无影无踪。

于是，黄帝四处求宝剑，没过多久，便得到一把以昆吾山赤铜铸造的青锋宝剑。又用雷神骨头做鼓槌，用神夔皮做的战鼓，把这两件东西碰在一起，发出的声音响彻云霄，500里以内震耳欲聋。

一切准备好之后，黄帝用玄女教的兵法操练军队，布下了十面埋伏的军阵。

在这场战争中，因为有神鼓神槌的助威，敲完三通鼓，蚩尤的兵就变得面无人色；敲完六通鼓，兵将们就魑魅魍魉魂飞魄散了；敲完九通鼓之后，蚩尤的兵将们就都手颤足麻而无法跳跃飞腾了。

九天玄女 俗称"九天娘娘"，原是我国古代神话中的女神，后经道教增饰奉为女仙。她的信仰发源可追溯至先秦以前。传说，她是一个正义之神，形象经常出现在古典小说中，成为扶助英雄铲恶除暴的女仙，因此她在道教神仙中的地位非常重要。

洪荒演义 上古神话

■蚩尤像

这时，黄帝的将士在鼓声的激励下士气大增，蜂拥而上，争先杀敌。这一战，蚩尤全军覆没，最后蚩尤也被斩首。

黄帝平定了蚩尤后，威名大震。各部族对他钦佩得五体投地，从此炎黄部族逐渐融合为一。黄帝是第一个将中原所有部落统一指挥的人，他促进了以后的封建集权，并将中原各部统一称为"华夏族"。

有关黄帝的圣地在全国各地有许多地方。据说，在涿鹿有一座黄帝城，也叫轩辕城。在司马迁撰写的我国第一部纪传体通史《史记》中有所记载，黄帝杀死蚩尤后，建都城于涿鹿山下的平地之上，即华夏建一都城。

在浙江缙云还有一座黄帝祠，原名缙云堂，传说是黄帝三大行宫之一，建于东晋成帝咸和年间。黄帝祠宇坐东南朝西北，与陕西黄帝陵遥相呼应，形成"北陵南祠"的格局，是我国南部祭祀、朝拜中华民族人文始祖轩辕黄帝的主要场所。

黄帝被奉为"人文初祖"。经过5000多年华夏子孙的不断传承，黄帝的形象一直激励着无数中华儿女奋发图强，为中华民族的子子孙孙树立了高大坚实的榜样。

神话魅力

神话传说与文化内涵

阅读链接

传说，黄帝定居陕西以北黄土高原后，连年五谷丰登，丰衣足食，可是吃水用水却成了头等大事。于是，黄帝便派懂地质的伯益解决高原吃水用水问题。

有一大，伯益一个人去深沟底担水，他独自一人蹲在泉水旁边上下观察。他想，如果从高原上挖一个深洞，一直挖到沟底，通到有水的地方。人们用水时，再用绳子往上吊，需要多少吊多少，再也不愁无水可用了。

伯益的想法得到黄帝支持。他积极组织人力，选好地形，整天带领群民挖井。一直挖到底，果然出水了，伯益高兴地向黄帝报喜，群民们到处欢腾庆祝挖井成功。

佛教神话

　　自魏晋南北朝以来，随着宗教在我国的发展，佛教赢得了人们的信任和尊奉，佛教神话也通过僧侣们的传播，使佛教经典中的人物如来佛、观世音、文殊、普贤、四大天王、十八罗汉、龙王等形象和故事深入人心，融入了我国神话人物中的行列。

　　随着时代的发展，我国原有的神话英雄也在佛教的兴盛中皈依了佛门，成了佛教神话中的人物，逐渐成为了我国神话不可割舍的一部分。它与远古神话、道教神话、民间神话共同编织了我国神话的魅力传奇。

文殊菩萨降龙恩泽于民

文殊菩萨画像

那是佛教刚传入我国不久的东汉时期，西域高僧支娄迦谶译出了《道行般若经》，在这部佛经中第一次出现了文殊菩萨的名号。此后，译出的各种佛教大乘经论中提到文殊菩萨名号的越来越多。

到了东晋时期，印度僧人佛陀跋陀罗来到我国，译出了60卷的《大方广佛华严经》，在这部经中，佛记说：

东北方有处名清凉山，从昔以来诸菩萨众于中止住。现在菩萨名文殊师利，与其眷属诸菩萨众一万人俱，常在其中而演说法。

■ 安徽双蟠寺内的
文殊菩萨

自东晋之后，文殊菩萨的地位在人们心中更是日渐高涨。人们还根据佛经中的描述，去寻找佛经中所说的文殊菩萨道场，后来发现五台山与佛经中所说的文殊菩萨道场相符，从北魏开始，就不断有北方僧人为寻访文殊菩萨的圣迹而到五台山巡礼、修行。

于是，佛教开始进入五台山，文殊信仰也日趋成熟。到了隋初，在五台山的五个台顶修建了文殊像和寺庙。文殊信仰也因此在五台山扎根。

唐王李渊起兵太原建立唐王朝后，李渊把太原府境内的五台山看作"龙兴之地"，于是，大力兴建修葺五台寺庙。此后，唐高宗、武则天等唐朝皇帝都格外崇奉五台山。民间老百姓更是闻风而动，群起响应，从此在我国掀起前往五台山礼拜文殊菩萨的热

《大方广佛华严经》 大乘佛教重要经典之一，简称《华严经》。我国华严宗即依据本经，立法界缘起、事事无碍等妙义为宗旨。《华严经》有东晋佛驮跋陀罗的60卷译本，还有唐代实叉难陀的80卷译本，此外，还有唐代般若的40卷译本。

龙王 神话传说中在水里统领水族的王，掌管兴云降雨。龙是我国古代神话的四灵之一，也是佛教护法神之一。唐玄宗时，下诏为龙建祠，并设坛官致祭。此后，宋太祖沿用唐代祭五龙的制度。在《西游记》中有东海敖广、西海敖钦、南海敖润、北海敖顺，称为四海龙王。

■ 文殊菩萨石刻

潮。于此，关于五台山文殊菩萨神奇感应的传说故事在民间广泛流传。

传说，那是在很久以前，五台山那个时候叫五峰山。五峰山气候异常恶劣，冬天滴水成冰，春天飞沙走石，夏天暑热难当，农民无法耕种庄稼。文殊菩萨碰巧到这里传教，当他看到人们正在遭受苦难，就决定改变这里的气候。

文殊菩萨了解到东海龙王那里有一块神石叫"歇龙石"，可以把干燥的气候变得湿润，于是变成一个化缘的和尚，到龙王那里借歇龙石。

文殊菩萨来到东海，见龙宫外面果然有一块大石，还没有走近它，就已感到一股凉气扑来，然后文殊菩萨见到龙王，说明来意。

龙王很不好意思地说："大师借什么都行，唯独这块歇龙石不能借。因为这是我花了几百年工夫从海底打捞上来的，清凉异常，青龙每天外出回来，燥热难耐，便在上面歇息养神。你若借去，青龙就没歇息的地方了。"

文殊菩萨反复说明自己是五峰山的和尚，是为了造福于人间特地来求援的。龙王估量歇龙石重达万斤，一个老和尚肯定没有力气搬走，就勉强地答应了他。

文殊菩萨谢过龙王，来到歇龙

石跟前，口念咒语，巨石立即变成了小小的弹丸，然后他把小弹丸塞进袖筒，飘然而去。老龙王看得目瞪口呆，后悔莫及。

文殊菩萨回到五峰山时，正是烈日当空，因为久旱不雨，大地干裂寸草难生。当文殊菩萨把歇龙石安放在台南的一条山谷后，五峰山立刻变成一个清凉无比的地方。

就在文殊菩萨取走歇龙石的当天，那些外出的小龙王回来发现歇龙石不在了，怨气冲天，便追到五峰山寻找。气急败坏的小龙王，用龙尾把5座山峰扫成了平台，用利爪把岩石刨得乱七八糟，遍布满山。

这时，文殊菩萨告诉他们歇龙石在秘魔岩的两座巨大的山岩之中。众龙刚钻进岩窟之中，文殊菩萨一声咒语，两岩合并，仅留内宽外窄的一道照明裂缝。文殊菩萨命令小龙王在这里好好修行。

据说，隋代时，隋文帝赦令在五台山的五座山顶建寺供文殊菩萨像，从此，五台山正式作为文殊菩萨道场而名闻天下。

文殊信仰到唐代达于鼎盛。自从澄观国师的著述阐发使华严教义广弘于天下，人们对文殊菩萨的信仰有了更深的教理依据，此后，人们对文殊菩萨的信仰超越了僧俗、宗派，超越了民族、国界，超越了地

■文殊菩萨坐像

澄观（738年—839年），唐代高僧，被尊为华严宗四祖。早年出家为僧，广拜名师学习佛教经典，并学各宗禅法。776年，居五台山大华严寺，讲《华严经》。795年唐德宗生日时诏入内殿讲经，赐号"清凉法师"。他的著述很多，主要有《华严经疏》《三圣圆融观门》等。

位、身份，体现了文殊菩萨智慧深广、圆融无碍、普利众生、平等无二的内涵，也体现了文殊信仰深厚而蓬勃的生命力。

在唐代宗大历年间，佛教界还形成了一个巡礼五台山的高潮，当时活跃在我国的各个主要佛教宗派的宗师大德纷纷前往五台山巡礼。此后多年，各代帝王都有颁赐、营造，五台山在全国佛教的地位如日中天。

文殊菩萨的形象，通常是手持慧剑、骑乘狮子，比喻以智慧利剑斩断烦恼，以狮吼威风震慑魔怨。在佛教中，文殊菩萨是释迦牟尼佛的左胁侍菩萨，代表智慧，也具有种种微妙功德，而因为他所具功德居诸菩萨之首，所以叫"妙吉祥"，称颂其功德最胜吉祥。

文殊菩萨洞察纷繁世理，善于引导教化，不仅指引着芸芸众生，而且还被喻为三世诸佛成道之母。传说他在过去世曾身为七佛之师，连释迦牟尼佛也曾得到过他的教诲。在诸大菩萨中，文殊更被冠以"大智"的尊号，他作为辅佐释迦牟尼弘扬佛法的上首，被敬称为文殊师利法王子。

阅读链接

从前有个屠夫，买了一头大肥猪，想把这头猪牵去宰杀。说来也奇怪，不但自己牵它不动，就算请很多人去牵，它也纹丝不动。大家正在无计可施时，文殊菩萨化成一个普通人对屠夫说："你如此劳心费力也无济于事，不如让我来试试。"屠夫听了很欢喜，以为这个人力大无比。岂料此人并不去牵它，只是轻轻呼唤它的名字，猪就欣然移动身躯，随之而去。

这时，那个屠夫却放下屠刀，泫然而泣。因他听到的名字不是别人，正是他已去世的父亲。从此，屠夫改行再不敢做杀害生命的事了。

普贤菩萨行德教化众生

那是在我国唐代，随着佛教的传播与发展，佛教的神圣赢得了人们的信任和尊奉，人们希望能通过神迹崇拜维系社会的稳定和一体化。

峨眉山自唐代以来，受到历代各朝君王敕赐频频，地方官吏争相效尤。捐赠寺庙，置制法器，赐衣赠食，乐此不疲。峨眉山法缘隆盛，声望日重，普贤菩萨天人共仰，僧俗皆敬，是与统治者的这种全面支持分不开的。

峨眉山普贤菩萨信仰之所以得到历代政府的大力支持，这就

普贤菩萨画像

斋堂 即五观堂，寺僧吃饭的地方。五观，僧人吃饭时应该想见的五种思维境界，即计功多少，自忖德行，防心离过，正事良药，为成道业。斋堂廊柱上所刻楹联："试问世上人，有几个知道饭是米煮？请看座上佛，也不过认得田自心来"。正体现了"五观"思想。

要归因于它所起的维护社会稳定的社会功能，从历代帝王的敕书中可以很明显地看出这一点。而在民间，关于普贤菩萨的传说故事也被逐渐流传开来。

传说，佛教古德拾得大士，就是普贤菩萨的化身。有一天，天台山国清寺的丰干禅师路过赤城道旁边，听见草丛中有小孩的啼哭声。于是，他就顺着声音寻找，这时，看见一小孩，样子大约10来岁，上前询问他的姓名，孩子回答说："我没有家，也没有姓、没有名。"

丰干禅师看他可怜，就把他带回国清寺，让他在库房当茶童。因为是拾来的，所以就叫他拾得。

拾得聪明伶俐，3年后升任斋堂香灯，及执掌出食等杂事。一天，他向四周查看，发现没有人，就登上案台和所供奉的圣像对坐而食。

■普贤菩萨唐卡

这件事被知库灵熠禅师看见，斥责拾得对圣像不恭，就罢其香灯职，派往厨房洗碗碟。拾得常将多余饭菜，盛于竹筒，赠其挚友寒山。

有一次，寺中饭食花果被鸟啄食，拾得竟执杖打寺中供养的山神像，责其守护伽蓝不力，有失职责，枉受沙门供养。当天晚上，寺僧皆梦见山神说："拾得打我，骂我。"灵熠禅师至山神像前视察，果见山神像有杖打痕迹，始知拾得来历不凡。

拾得与寒山时相往来，还常对人

说佛法。但人不信，反而讥诮怒骂，甚至打他。

■普贤菩萨雕塑

寒山对拾得说："世间人秽我、欺我、辱我、笑我、轻我、贱我、恶我、骗我者，我该如何对他？"

拾得回答说："那只有忍他、由他、避他、耐他、敬他、不要理他，再过几年，你且看他。"

后来拾得掌牧牛之职，一天，正值寺中律师正为僧众在堂中说戒。拾得驱牛群到法堂前倚门而立，并抚掌笑曰："悠悠哉，聚得作相，这个如何？"

说戒和尚怪其不敬，怒斥道："下人疯狂，破我说戒。"

拾得见其嗔心突起，即说偈曰："无嗔即是戒，心净即出家；我性与汝合，一切法无差。"

说戒和尚见拾得嬉皮笑脸，气得下堂来打拾得，要他驱牛出去。

寒山（约691年—793年），唐代著名高僧，长住天台山客岩幽窟中。与拾得、丰干皆隐栖天台山国清寺，故称"国清三隐"。寒山好峰谤唱偈，没有篇句，即题于石间树上。寒山诗有鲜明的乐府民歌风，通俗易懂，机趣盎然，多作佛门警世语。全唐诗汇编成《寒山子诗阜》一卷，收录诗歌三百余首。

■普贤菩萨雕塑

拾得说："我不赶牛了，这群牛，皆大德前生的知事僧，它们都有法号，不信，且看我叫它们出来。"随即对牛群说，"前生律师弘靖站出来。"即有一白牛作声而过，又说，"前生典座光超出来。"又有一黑牛应声而出。拾得又叫，"直岁靖本出来。"又有一牯牛应声出来。

最后，拾得牵一牛说："前生不持戒，人面而畜心，汝合招此咎，怨恨于何人，佛力虽广大，汝却辜佛恩。"

从此以后，僧众始知拾得并非凡间俗子，不再以疯子看待。后来，因为阿弥陀佛化身的丰干禅师，对丘太守说寒山和拾得二人是文殊与普贤的化身，拾得知道圣迹显露，便与寒山同离国清寺，后来就不知道去哪儿了。

普贤菩萨是大乘佛教"行愿"的象征。行愿包括修行与誓愿两方面，普贤既有广大誓愿，又能身体力行去实践，他曾在过去无量劫中修菩萨行、求一切智，具足无量行愿示现于一切佛刹，通常又被尊称为大行普贤菩萨。

自古以来，普贤信仰便在古印度和西域地方流传。大约在二三世纪时便有传说，称大月氏的一处佛寺中有普贤菩萨像，曾有癞风病人一心一意发愿祈求，普贤菩萨像以右手摩其身，病当即痊愈。

传说晋代时，普贤曾亲身在四川峨眉山示现，那里从此被奉为普贤的道场，香火极盛，成为普贤崇拜在中国的一大中心。传说这个道场是晋代蒲翁所开创的。蒲翁见普贤菩萨显现，所以在此山建白水普贤寺，之后历经各朝代重修。唐代改普贤寺称白水寺。明万历年间，改称万年寺。

宋代诗人范成大曾经在所著的《吴船录》中说：

范成大 （1126年—1193年），字致能，号称石湖居士。平江吴县人。南宋诗人，谥文穆。他继承了白居易、王建、张籍等诗人新乐府的现实主义精神，终于自成一家。诗作题材广泛，风格平易浅显、清新妩媚。他与杨万里、陆游、尤袤合称南宋"中兴四大诗人"。

佛法无边

佛教神话

泊嘉州单骑入峨眉，小峨中峨。昔传有游者，今不复有路，惟大峨一山，为佛书所记普贤大士示现之所，至三千铁佛殿云，普

■峨眉山万年寺

贤居此山，有三千徒众共住，故作此佛，冶铸甚朴拙。

普贤菩萨的坐骑是一头六牙白象。白象四足各踏一朵莲花表明其神格。佛教称六牙白象是菩萨所化，以表威灵，象征"愿行广大，功德圆满"。白象象征力大无比，表示人在行动的时候，一定要坚韧不拔，有大无畏的精神，才能成功。

普贤菩萨曾立下十大宏愿：常礼敬一切诸佛；常称赞如来之德；常侍奉一切诸佛，并奉献最上之供养；遵守净戒，常忏悔以前之罪孽业障；常随喜一切佛、菩萨乃至六趣、四生所有之功德；常礼请一切佛宣说教法；请求佛、菩萨不入涅槃，住于世间说法；常随毗卢遮那佛学佛之教化；根据众生种类的不同分别作相应的供养；将以上种种功德回向于一切众生，以完成佛果之誓愿。

直至今天，普贤十愿仍是一般佛教寺院的常课，诵持应用十分普遍。普贤菩萨的愿行以救度众生为主，教给我们实践实行。其行法又有很殊胜的功德，是释迦牟尼佛的胁侍，在佛教中占有很高的位置。这些原因合在一起，使他受到众多佛教徒的崇拜，并且成为了永远流传的信仰。

阅读链接

文殊、普贤两位大士，一为诸佛母，一为诸佛长子，公孙二人，常在十方诸佛前共做佛事，游戏人间，常在一起。南宋淳熙年间，文殊菩萨应身为兜率寺戒阇黎时，普贤菩萨亦同时化身为周氏女，排行第七，人皆称她周七娘。

据说周七娘生时便有种种神异，长大后不肯嫁人，每天行乞于市，晚常宿于普济桥下，常与戒阇黎在一起，妙行莫测。时人不解，笑为疯婆。后有圣者歌曰："戒师文殊，周婆普贤，随肩搭背，万世流传。"后人始知是菩萨应世。

观音菩萨救父感天动地

那是在东汉时，随着佛教的传入和佛经的翻译，印度佛教的各种学说和各种信仰也相继传入我国。在西晋时，佛教译经高僧竺法护译出了《正法华经》，其中有一品叫《观世音菩萨普门品》，在此经中，对在古代印度观音救难信仰进行了完整的表述：

观音画像

若有众生遭亿百千垓困厄患难，苦毒无量，适闻光世音菩萨名者，辄得解脱，无有众恼，故名光世音。

光世音境界，威神功德难可限量，光光若斯，故号光世音。

光世音菩萨游诸佛土而普示现若干种形，在所变化，开度一切，是故族姓子，一切众生咸当供养光世音。

……

《观世音菩萨普门品》中把观世音慈悲救难的能力、方法、效果，以及众生如何回应等都明确而简练地表述了出来。

在当时，我国传统宗教文化中正好缺少一位热切关注人类现实生活，并以平等解救一切众生苦难为志愿的神灵。而且，当时我国正经历着长期的战乱，老百姓强烈需要一位能救民于水火、解民于倒悬，而且具有神力的人物，能立即救他们出离苦难的境地，抚慰他们惶恐受伤的心灵。

就这样，在《观世音菩萨普门品》翻译出来后，观世音菩萨信仰很快就在老百姓中获得强烈回应。人们不但在心理上很快接受了大慈大悲、救苦救难的观世音菩萨这种外来的信仰，而且在现实生活当中也开始实践这种信仰。人们以称念观世音菩萨的圣号为主，为观世音菩萨造像、礼拜、供养、诵经、念咒等修持方式也日益流行起来。

■观音菩萨塑像

■观音菩萨雕塑

　　传说，那是在春秋战国时代的楚国，"春秋五霸"之一的楚庄王继位了。当时，楚国有个不成文的风俗，楚国如果5年不发动战争夺其他国家的土地，君主死后无脸见先王。

　　于是，楚庄王经过3年准备，在排除宫廷异己，又平定南部叛乱，解除后顾之忧后，继父辈之志开始侵略中原，准备与晋国决战，以雪他的祖父"城濮之战"战败之耻。

　　就在楚军首战胜利的那天，农历二月十九日晚上，楚庄王的夫人宝德娘娘梦见吃了一个明晃晃的月亮，并生下一个美丽的女孩，这是她的第三个女儿。

　　在女孩一出生，身体就自然带着淡淡清香，而且有五色祥云覆盖在王宫上，天地发生震动，异香充满王宫，满山遍野一片光明。许多吉祥美丽的鸟儿都飞

春秋五霸 从公元前770年到前476年，历史上称为春秋时代。在此期间，烽烟四起，战火连天，140多个诸侯国经过兼并，后来剩下较大的几个。这些大国互相攻伐，争做霸主，先后有5个诸侯称霸，齐桓公、宋襄公、晋文公、秦穆公和楚庄王，叫作"春秋五霸"。

来祝贺，从天上传来阵阵美妙的音乐。

楚国人看到这般景象，感到非常诧异，兴奋地说："我国有圣人出生了！"

楚庄王的大女儿叫妙颜，二女儿叫妙音，因为三女儿出生时天降祥瑞，便给三女儿取名叫"妙善"。

妙善天生聪慧过人，端庄秀丽的她深得父母喜爱。光阴似箭，岁月如梭，不知不觉妙善公主已长大成人。妙善16岁那年，楚庄王与宝德娘娘商量，想为妙善招一驸马接替王位。但是妙善公主却不愿意，她执意持斋修行，终身不嫁。

楚庄王因为妙善的决意生气不已，便把妙善公主赶到后花园挑水浇花扫地，并不给她提供食物。其实楚庄王是想用这种办法逼迫妙善打消修行的念头。然而，饥饿和劳役并没有改变妙善修行的决心。妙善以花叶为食，自甘其乐，反倒把这个地方看成是清净修行的道场。

楚庄王无奈，只好假意送妙善到白雀寺出家。当时白雀寺的住持叫惠真，楚庄王暗地里指示惠真要设法难为妙善，促使她回心转意。谁知道妙善生性坚强，在白雀寺受苦后求道的心变得更加坚固。

■观音菩萨像

住持 佛教僧职，又称"方丈""住职"。原是久住护持佛法的意思，是负责掌管一个寺院的僧人。据说佛教传入我国后的几百年间只有师徒之间以佛法相授受，并无住持一职，直到唐代，禅宗兴盛，门徒众多，百丈怀海禅师都开始设立住持，以维持寺院秩序。

楚庄王非常愤怒，一气之下，竟派人烧了白雀寺，想逼妙善出寺还俗。白雀寺化为灰烬，妙善并未因此还俗，而是来到火珠山上继续修行。

妙善出家修行3年后，她的父王楚庄王突然得了一种怪病，病入膏肓。御医束手无策，百药无效。最后，楚国的国师说："大王的病只有用亲生骨肉的手和眼作药引才能治好。"

楚庄王夫妇想，大女儿、二女儿因早已婚配而且儿女、驸马阻挠不能舍身。于是，他们想起了三女儿妙善。3年前火烧白雀寺并不是真心要烧死她，是想逼她出寺还俗。谁知道竟然把自己最心爱的女儿烧死。想到这里，夫妇俩不禁痛哭起来。

正在这时，宫门卫兵报告说："有一位道仙带着一道童来到宫外，说他的道行高深，他的手、眼和大王亲生骨肉一样，也能治好大王的病。"

楚庄王听了，喜出望外，急忙命人请进来。可当卫兵回来时，道人早已留下了他的双眼和左手，扬长而去。

驸马 我国古代帝王女婿的称谓，又叫帝婿、主婿、国婿等。原义是指古代几匹马共同驾一辆车，辕马之外的马。驸马都尉本是官名，源于汉代，到三国魏时，何晏娶金乡公主为妻后担任驸马都尉，晋代王济做文帝的女婿后也拜为驸马都尉，于是后世把凡与公主结婚的都称驸马。

065

佛法无边

佛教神话

■观音救世壁画

当宝德娘娘接过手一看，便恸哭起来。因为她看到左手心的胎记，知道是女儿妙善的手。她庆幸的是知道心爱的女儿还活在这个世间，感动的是妙善至孝，不恨"狠心"的父母，还舍身救父！

楚庄王得知真相后，哀恸天地大哭了一场。想到可怜的女儿，急忙派人追赶。当妙善回到火珠山上时，楚庄王也带领百官和御林军数千人，还有许多百姓来到火珠山上。

只见妙善早已端坐在事先垒好的石台之上。野兽不知什么时候已停止吼叫，猿猴也早已不再啼鸣，百鸟也不知什么时候鸦雀无声了。

楚庄王夫妇和妙颜、妙音及其数千随从和数万慕名而来的百姓，男女老幼互相搀扶着静静地立在山前，翘首注视着眼前这位慈悲善良、仁爱至孝的公主。

这时，奇妙的天乐由远而近，无数的天神在云端里也现出真身，他们都合掌立于彩云之上。无数佛菩萨身带七彩的光环也乘祥云前来赞叹，五彩缤纷的花瓣自天空而降。

这时，一只凤凰带着五颜六色的光辉自西天而来，口中衔一个白玉般的宝瓶，瓶中插着一枝翠绿的杨柳。凤凰飞临妙善头顶时，宝瓶

观音菩萨塑像

■ 观音救世壁画

缓缓落下。

在宝瓶落下的瞬间，妙善手和眼自动复原，霎时异香阵阵，笼罩了满山遍野。群众纷纷向妙善自动跪下，学着天神的样子双手合十。

只见妙善头顶放着七彩的光环，立在虚空之中。她左手持宝瓶，拔出碧绿的柳枝，蘸着宝瓶中的甘露洒向万民。

甘露洒处，久治不愈的疾病痊愈了。盲人看见光明，聋人听到了天乐，人们一下子觉得返璞归真了，人性一下子变得友善起来。从这一刻起，楚庄王也放弃了攻战杀戮，决心以仁德来治理国家。

原来，妙善是观世音菩萨的化身，她以女儿之身投生到嗜杀成性的君主家里，以割舍身躯来感化父亲，以仁德感化人民。从此，观世音菩萨成为老百姓心中真善美的化身，她神通广大、智慧无穷、慈悲善良，成为人们最受欢迎的菩萨。

凤凰 我国古代传说中的百鸟之王，与龙同为汉族民族图腾。雄为凤，雌为凰，总称为凤凰，常用来象征祥瑞。古人认为时逢太平盛世，便有凤凰飞来。神话中说，凤凰每次死后，会周身燃起大火，然后其在烈火中获得重生，并获得较之以前更强大的生命力，称之为"凤凰涅槃"。

佛法无边

佛教神话

在我国古代无数神祇中，和老百姓感情最深、关系最密切的大概莫过于观世音了。老百姓对观世音的称号有 "救苦救难观世音菩萨""大慈大悲观世音""灵感观世音"等。

观世音菩萨的形象也遍布全国各地的寺庙之中，观世音菩萨的形象也多种多样，如千手千眼观音、鱼篮观音等，各种观世音的传说故事也在民间广泛流传。

在宋代以前，观音菩萨的形象保持着印度的风格，还是男性形象。宋代以后，出现了按我国古代仕女形象而创作出来的观音菩萨像，并成为此后的主流。

观音信仰不但对我国佛教的丰富与传播起到巨大的推动作用，而且对我国文学、艺术、民俗等文化领域产生了深刻影响，既成为我国佛教文化的一个重要组成部分，也成为塑造中华传统文化乃至中华民族性格的重要因素。

观世音菩萨智慧、慈悲、救苦救难等真、善、美的品德，已远远超越了民族和国界，成为一种"劝人为善、爱好和平"的观音文化传播到了世界各地。

阅读链接

观音原名观世音，是梵文的音译，唐代时因避唐太宗李世民的名讳，略去"世"字，简称观音。观音菩萨的德能，据传说能接受各种不同信徒的请求，呈现出各种形象，救苦救难，因此，被认为是大慈大悲的化身。

观音菩萨的道场在浙江省的普陀山。传说，唐代时一位日本和尚想带观音像回国，途经普陀山，遭遇风暴而无法渡海回国，于是便在普陀山建立观音道场。每逢观音菩萨生日农历二月十九、成道日六月十九、涅槃日九月十九，不远千里来普陀山朝山进香的人络绎不绝。

观音菩萨慈悲普度众生

　　传说在我国唐代，有个妙庄严王，王后名叫宝应。夫妇俩生有3位如花似玉的公主，大公主名叫妙颜，二公主叫妙香，三公主叫妙英。

　　妙英公主年龄最小，但最善良、最聪明，因此也最讨人喜欢。她5岁能诵经，知道尊重佛法、孝顺父母。她彬彬有礼，谦让、温和，善解人意。人们夸奖她疼爱她，尤其是父王，更把她视为掌上明珠。

■观音菩萨画像

　　大公主、二公主先后出嫁了，妙庄严王决心要为三公主寻找一个最理想的郎君。可是做父亲的没有去问问女儿的意愿，没有去了解女儿的心思，只是用自己的眼光，物色了一位乘龙快婿。他把这个消息告诉妙英，要马上为她办婚事。谁知平时最听话

■观音菩萨救世壁画

的三公主，这时默默地摇摇头，表示不同意。

父王以为女孩子家害羞，便笑着对她说："男大当婚，女大当嫁，没有什么不好意思的。我为你找的是一个聪明英俊的小伙子，你们是十分相配的一对，你一定会满意的。"

不料妙英公主说："父王，谢谢您为我操心，但我不想嫁人。"

妙庄严王还是耐心地劝说："结婚是终身大事，不可任性地一口回绝。你要听父王的话。"

可是妙英公主一点不肯让步，她说："父王，孩儿别的都听您的，但结婚之事万难从命。我决心皈依佛门，今生今世不想嫁人！"

妙庄严王既失望，又生气，吹胡子瞪眼睛地说："好吧，那你就去当尼姑吧！"一气之下，就把三公主逐出了宫门。

可怜妙英孤苦伶仃，浪迹天涯，来到一座荒山，结庐拜佛，面壁苦修，终成菩萨。

这尊菩萨由于自己曾受尽人生苦难，所以最能体察世间烦恼。当人们遇到灾难时，只要念其名号，便前往救度，所以称观世音。

在佛教中，观世音是西方极乐世界教主阿弥陀佛座下的上首菩萨，是慈悲的代表。观世音菩萨在现实娑婆世界救苦救难的品格，使其成为慈悲的化身。

观世音菩萨手执净瓶与杨柳枝，表示菩萨普救世间的广大悲行。三界火宅，众生心中充满热恼。观世音菩萨能体察众生的苦痛，时以瓶中的甘露水遍洒世间，使在热恼中的一切有情皆获清凉。据传说，众生信仰观世音菩萨，即渴求菩萨的甘露水，驱除内心的烦恼。佛教劝诫说，观世音菩萨确有令众生清凉的甘露水，如时时虔诚礼念观音，能得菩萨的悲心救护。

在我国，浙江的普陀山是观音菩萨的道场。传说，一个日本和尚欲带观音像回国，途经南海，遭风暴而无法成行，遂于普陀山建观音道场。后来，普陀山仍有"不肯去观音院"。

■观音菩萨救世壁画

据大乘佛教初期经典《妙法莲华经》记载，观音是大慈大悲的菩萨，能现三十三化身，救十二大难。她主张"随类化度"，对一切人救苦救难，不分贵贱贤愚，遇难众生只要念诵她的名号，"菩萨即时观其声音"，前往拯救解脱。

"慈悲、智慧、无畏"是观世音菩萨精神之总和，在大乘所发的菩提心中，就是以"菩提所缘，缘苦众生"为悲心发动，而落实在每一位众生，实行人间的救济、慈悲的伦理，更能时时反闻闻性，誓成无上道。

慈悲是观音菩萨的志愿，慈悲是观音菩萨的德性，慈悲也是观音菩萨的特殊功德。所以，在自然界的灾变与人间社会祸难不可能消除的情况下，观世音菩萨就是人们永远的信仰和希望。

观音菩萨在佛教诸菩萨中，位居各大菩萨之首。"家家有弥陀，户户有观音"，这句古今流传的俗语，就充分说明了我国人们崇敬供奉观世音菩萨的盛况，以及观世音菩萨在我国民间的深远影响。

阅读链接

唐代以前的观音，以大丈夫相居多，也现女相。但到后来，特别是妙善公主的传说流行以来，汉地的观音形象越来越趋向女性化。佛教所说的慈悲和女性的某种内心特性具有类比性，女性所具有的慈忍柔和，表现为日常行为中即是爱，但是佛教认为：世间的爱是私我的慈悲，是慈悲的局限化；而慈悲是爱的无我扩大。这是观世音菩萨被塑造为女性的重要原因。

观世音菩萨的特殊表德是大慈大悲，观世音菩萨救度一切众生，如慈母爱自己的儿女一样。所以观世音应现女身，扩大无私的大爱，泛爱广大众生成为菩萨的平等慈悲。

地藏菩萨行宏大誓愿

那是在唐末五代时期，各地分崩离析，人们受尽战争之苦，生离死别成为不可逃避的厄运。于是，人们渴望得到生前护佑、死后超脱的庇护心理非常强烈。

这时，佛教中的地藏菩萨发大愿誓度苦厄众生，度脱亡魂往生天上，而被奉为"幽冥教主"。同时，地藏菩萨独特的本生事迹与伟大的德行，与我国传统孝道思想、地狱思想等相结合。所以，地藏菩萨受到人们的欢迎，人们对之虔诚信仰。后来，新罗国僧人金乔觉来到九华

■ 地藏菩萨像

山修行。他远离市井，隐于山林，自给自足，修苦行的状况，和佛教经典中地藏菩萨的精神相符。而金乔觉的法号为"地藏"，与地藏菩萨同名，更使人们很容易形成金地藏就是地藏菩萨化身的联想。

从此，金乔觉逐渐被人们神化为地藏菩萨，九华山也被认为是地藏菩萨道场，各地前来九华山朝拜的信徒络绎不绝。金乔觉的事迹也被人们当作神话流传开来。

传说，那是在唐玄宗时，有一年的农历七月三十日，新罗国宫中诞生了一位太子。太子刚出生时，宫内到处开满了荷花。大臣们都感到十分惊奇，便对国王说："太子来历不凡，将来一定是一位好君主。"国王十分高兴，便为太子起名叫金乔觉。

金乔觉太子天资聪慧，读书过目不忘。国王也十分喜爱他，于是把他送到大唐来学习。在学习期间，他对佛教产生了浓厚的兴趣，认为"世上儒家六经、道家三清法术之内，只有佛门第一义与我心相合"。于是回国后，毅然抛弃王族生活，削发为僧。

当时，唐代的佛教十分兴盛。为了精进学习佛法，24岁的金乔觉漂洋过海再度来唐，先在江东吴越一带寻山访道10多年，后来在安徽青阳西南的一个山谷中定居

■闵公雕塑

下来，终日静坐苦修。

一天，正当金乔觉在静坐时，耳畔忽然传来一个孩子的尖叫声："救命啊！"只见一只斑斓猛虎正在追咬一个小孩子。在这万分危急的关头，金乔觉把手一挥，一道金光闪出，猛虎立刻返身而逃。

孩子从虎口得救后，拜谢了金乔觉，并急忙跑回家禀报父母。原来，这孩子的父亲是九华山的财主闵让和，是个德高望重的人，人们都尊称他"闵公"。

■地藏菩萨雕塑

闵让和听了儿子的话，觉得金乔觉道行不凡。于是，他挑选了一个好日子并准备了礼物，来感谢金乔觉虎口救子的恩德。

这一天，闵公领着家人来到金乔觉修行的地方，叩头谢恩说："师父救我儿子一命，真不知该如何报答才好，今天准备了一些薄礼前来向师父谢恩。"

随后，闵公让人献上了礼品和银元宝、金锭，说："师父生活清苦，若不嫌弃，请收下我闵家这点心意。"

金乔觉看也没看，说："我奉行十善，金锭银元虽人间珍贵之物，但与我佛门弟子早就断了缘分。"

闵公迟疑良久，踌躇地问："那么，我能为师父做些什么呢？"

金乔觉笑着说："我是外国僧人，渡海来到大唐

十善 十善法，与十恶相反，内容包括："身三"，即不杀、不盗、不淫；"口四"，即不两舌、不恶口、不妄言、不绮语；"意三"，即不贪、不嗔、不痴。身、口、意代表了行为、语言和思想。十善是佛教伦理道德的基础，守十善可确保投生人天善趣，免堕三途。

■ 地藏禅寺

袈裟 是佛教僧尼们的"法衣"，是由阿难尊者尊奉佛的意思，模拟水田的阡陌形状缝制而成。世间人在田地里种粮来养活生命。出家僧人身穿法衣，能培养人们的法身慧命，僧人是世间人培养未来福报的"田地"；所以他们穿的"法衣"又叫"福田衣"，是圣贤的标帜。

修行求法，只求闵公赐我一块山地以便修行。"

闵公转忧为喜，说："这有何难！这九华山方圆两百里地，山中九十九峰都归我闵家所有，师父你看中什么地方，随便说！"

金乔觉见闵公心意诚恳，就说："我只乞求一袈裟之地。"

闵公好奇地问："一个袈裟，岂不太少了！"

只见金乔觉用手一指："请看！"

闵公抬眼一看，只见远近山岭神光四起，犹如红日霞光万丈，天空中一大块袈裟般的祥云顿时罩住了远近大小的山峰。

闵公对金乔觉更加佩服，立即带领家人叩头拜谢，并指着那块袈裟般的祥云说："这整个九华山都是大师的道场。"当即把整个九华山送给了金乔觉。

不久之后，闵公和他的家人都拜金乔觉为师，虔诚学佛。从此，金乔觉在九华山开辟修行道场，广度有情，功德圆满。

九华山地藏道场形成以后，极大地促进了地藏信仰在我国各地的传播。各类关于地藏信仰的经书和记载大量出现，在民间广为流传。同时也促进了地藏信仰的民俗化。在每年农历七月三十日地藏圣诞日，要举行大型庙会纪念活动，这些风俗在九华山周围长期延续下来，并通过信众传播了出去。

自从地藏菩萨道场建立后，宋、明、清三代，九华山僧众越来越多，寺院规模愈益扩大，数量迅速增加。同时，历代帝王屡次赐银、赐名、颁藏和敕封，使地藏信仰活动影响越来越大，成为我国佛教重要传播中心之一。

在我国佛教中，地藏与观音、文殊、普贤一起被尊为四大菩萨，他以"众生度尽，方证菩提；地狱不空，誓不成佛"的宏大誓愿与自我牺牲精神而著称，更以"幽冥教主"的身份和神秘的死后世界联系起来，从而得到了普遍的崇敬与膜拜，在人们的信仰生活中扮演着重要的角色，对我国社会产生了深远的影响。

阅读链接

明代是九华山佛教发展最兴盛的时期，当时香火十分兴旺，号称"东南第一山"。

明王朝开国皇帝朱元璋17岁时曾在家乡的皇觉寺出家当过和尚，所以，这位佛门出来的皇帝登基的第一年，就召集高僧开会，为各大寺庙选派住持，举办法会，为国祈福。对于自己苦战十多年的池州和九华山，朱元璋更是怀有深厚感情，称这里是"兴王之地"，给了许多优惠政策，使池州得以休养生息，九华山佛教更是受到了朝廷多方扶持。明末代皇帝朱由检还给在九华山100多岁高龄的无暇和尚赠款建万年寺，赐封他为"应身菩萨"。

布袋和尚化缘教化民间

　　那是在我国西汉末年，佛教沿着丝绸之路从印度传入我国内地，并得到迅速传播与发展。与此同时，弥勒菩萨信仰也伴随着佛教传入中国。

　　东汉时所译的《道行般若经》、两晋陆续译出的《放光般若经》《摩诃般若经》《维摩经》等，都记载有弥勒菩萨信仰的内容。

■布袋和尚陶艺

　　从佛经中人们了解到弥勒菩萨来到现实世界成佛并救度世人、解脱众苦的思想。在五代时期，便演变出了一个布袋和尚，他强调"即心是佛"，重视心灵和自我净化，说佛和菩萨就在现实人间。这正是佛

所强调的佛法在人间、修行不离现实生活
的体现。

布袋和尚倡导慈悲济世，救苦救难，
利乐众生，并且引导世人克制贪欲，对
人宽容，以"宽却肚皮""放开笑口"来
消解世间众多的是非、憎爱。布袋和尚
的这种态度，对维持家庭和睦及邻里和
谐都有积极意义。

布袋和尚的思想迎合了当时
我国各阶层人士的喜好，赢得了广
泛的信众。因此，在民间传颂着许
多与布袋和尚有关的充满神秘色彩
的传说。

传说，那是在唐代末年，有一天
清晨，村民张重天正在田间劳作，忽
然，他听到有一缕飘飘悠悠的仙乐传
来。他抬头四处观望，只见附近的河水中漂浮着一朵
巨大无比的莲花，而且是逆流徐徐地向上游飘来。

张重天不相信自己的眼睛，他使劲眨了眨眼，发
现金莲花突然间不见了，只看到一捆柴草上躺着一个
胖胖的男孩。当时他没多想，赶紧就把柴捆拨到跟
前，把小男孩抱了起来，那个孩子没哭，反而冲着他
发笑。

张重天看那孩子圆头大耳，相貌端庄，竟爱不释
手，于是他把孩子抱回家中，与妻子窦氏商量了一
下，就决定把孩子收养下来。后来，他们去长汀村附

即心是佛 佛教
禅宗用语，意思
是说，不须向面
外求佛，你的自
心即是佛。据记
载是马祖道一禅
师提出来的。禅
宗讲究相信自
己，每个人都有
佛性。人的清净
自性就是佛性，
人一旦悟到并归
依自己的清净本
性，也就与佛性
没有什么差别了。

神话魅力

神话传说与文化内涵

■ 布袋和尚陶塑

岳林寺 位于浙江奉化东北的山中，是弥勒化身布袋和尚剃度和圆寂的寺院，也是举世闻名的弥勒道场。始建于梁朝大同二年，也就是536年。1103年，宋徽宗赐御书"崇宁阁"匾额。岳林寺经历代僧人修建，规模宏大，建筑巍峨，独具弥勒道场特色，闻名国内外。

近的岳林寺，求闲旷禅师给孩子取了个名字，叫作"契此"。

小契此天真活泼，俏皮好动，给张重天夫妇带来了无尽的欢乐。更让张重天夫妇高兴的是，自从领养了契此，多年未曾孕育的窦氏，竟喜得一女一男。

由于契此从小经常跟随父母到岳林寺拜佛，他对岳林寺高大的建筑、恢宏的佛殿、巍峨的佛像、肃穆的佛事活动，产生了强烈的兴趣。日久天长，潜移默化，契此也对佛教产生了虔诚的信仰，并向父母提出了出家为僧的要求。

张重天夫妇本来就十分信佛，对儿子出家也并不反对。于是，17岁的契此在岳林寺出家为僧，法号"释契此"。

在岳林寺的修行中，契此的心灵经历了大彻大悟，产生了超越红尘之后的大智大觉。后来，他开始云游四方，以禅机点化世人。

令人称奇的是，契此和尚无论走到哪里，都带着一个大布袋，当有人问他的法号时，他就用一首诗偈作答：

> 我有一布袋，虚空无挂碍；
> 展开遍十方，入时观自在。

因此，人们便称他为"布袋和尚"。

布袋和尚的相貌很有特征，皱鼻梁，大肚子，身体矮胖。他的行为也很奇特，天气将要旱时，他便穿高齿木屐，天气将要涝时，他便穿湿草鞋。人们因此得知天气变化。他没有固定的住所，随处寝卧，冬天时，他躺在雪中，身上竟然不沾一片雪。

他还经常到市场上乞食，不管荤素好坏，入口便食，还分出少许放入布袋。更奇特的是，他在哪里乞讨，哪里的生意就会变得格外兴隆。他逢人便笑，言语无常，却很灵验，没有几年，人们便都认识了他。

布袋和尚这只布袋看起来不大，但无论多少东西装进去，永远都没有满的时候，甚至连他在福建募捐来的一批扩建寺院的大

法号 佛教术语，指皈依佛教者所特取的名字。即出家众于剃度仪式举行过后，或在家众于皈依三宝、受戒时，或生前未皈依、受戒的在家人殁后于葬仪时，由师父授予的名号。

■布袋和尚玉雕

■布袋和尚红木雕

木头，都能装入袋中。他还捡拾人丢弃的废物放入袋内，人们有时讥笑他的布袋是垃圾袋，他便笑以偈语："有时备无时，无用变有用。"

有时，有人把死了的鱼也投入布袋和尚的布袋，他也毫不生气，仍然笑嘻嘻地收下，背到河边，倒入水中。这时，鱼儿竟然活着摇头摆尾，游入水中。

有人把馊了的饭菜倒入他的布袋，过了一会儿，取出来却新鲜无比，美味可口。布袋和尚自己吃不完，便招来小孩子们，让他们尽情地吃。看着小孩子们吃得津津有味，布袋和尚则坐在一边，开怀大笑。所以，许多孩子都喜欢跟他一起玩耍。

有个无赖，惯于挑衅闹事，捉弄人取乐，以为布袋和尚老实可欺，便夺下他的布袋点火烧掉。奇怪的是，第二天，布袋和尚依然背着那只布袋，来去如故。无赖以为这只布袋一定是重新做起来

■布袋和尚陶塑

的，又夺过来把它烧了。如此一而再、再而三，布袋和尚都大度地容忍了，可是当无赖第四次去夺布袋时，使尽吃奶力气也提不动空布袋了。直到这时，无赖才知道布袋和尚不是凡人，就拜倒在他脚下，恳求饶恕。

布袋和尚点化他说："善有善报，恶有恶报，不是不报，时机未到，时间一到，一切都报。"从此，这个无赖改邪归正，再也不敢为非作歹了。

后来，过了很多年，布袋和尚契此端坐在岳林寺的一块石头上，口中念了一个偈语：

　　　弥勒真弥勒，分身千百亿。
　　　时时示世人，世人皆不识。

说完微微一笑，安详而逝。布袋和尚圆寂后轰动了佛教界，人们才忽然明白他就是弥勒佛的化身。

圆寂 佛教用语，又作般寂、示寂、入寂。圆寂是涅槃的一个汉语译名。这个译名是由玄奘创造的，采用诸德圆满、诸恶寂灭之意。谓诸德圆满、诸恶寂灭，以此为佛教修行理想的最终目的。故后称僧尼死为圆寂。圆寂用于所有高僧、圣者之死。

北宋时，宋哲宗皇帝赐号布袋和尚为"定应大师"，1104年，岳林寺住持于寺内建阁，供奉以布袋和尚为原型的弥勒菩萨塑像，宋徽宗赐阁名为"崇宁"，从此天下寺院开始供奉布袋和尚。

在我国，无论天南海北，在香火旺盛的寺院中，总能看到一尊袒胸露腹、喜笑颜开、手携布袋席地而坐的胖菩萨，他就是弥勒佛。前来寺院游玩进香的人们，看到他乐呵呵的样子，往往会被他那坦荡的笑容感染而忘却了自己的烦恼。

由于弥勒信仰的普及，历来关于弥勒的造像数不胜数。南齐建武年间，僧护曾发愿在浙江剡县石城山雕千尺弥勒像，这尊佛像后来由僧祐在516年完成，被人们称为三世石佛、剡县大佛。

北魏献文帝时，还凿造了大同云冈第十三窟，安置16尺高的弥勒像。后来，北魏迁都洛阳后，又造龙门石窟，内有太和、景明、永平等年间所造之大小弥勒佛像数百尊。

此外，在山东历城黄石崖、千佛山等地，也有许多北朝所造弥勒像。我国弥勒造像的形式，甚至传到朝鲜和日本。

布袋和尚寓神奇于平淡，示美好于丑拙，显庄严于诙谐，现慈悲于揶揄，体现了中华民族宽容、和善、智慧、大度、乐观的品格，也蕴含了人们对美好未来的期待。因此，布袋和尚不仅在国内受到人们的崇敬，在国外也广受崇拜。

神话魅力

神话传说与文化内涵

道教，又称道家、黄老、老氏与玄门等，是我国土生土长的固有宗教。

道教是继承华夏民族古代原始宗教之血脉，从敬天祭祖到殷商时代天神崇拜，春秋战国的黄老道家，秦汉时期神仙方术以及民间信仰和东汉"五斗米道""太平道"一路走来的。道教是促进科技发展、珍爱生命及尊重女性的宗教。

道教广泛吸收了民间崇拜中的各神和奇异人士进入道教仙谱中，并逐渐把他们神仙化，把他们的传说事迹加上自己想象，改造成了神话故事并广为流传，在我国文化中具有深刻影响。

道法通天

道教神话

老子出关中紫气东来

那是在春秋战国时期，"黄老之术"还是诸子中的一个学派。到了汉代刚刚建立时，由于社会经济遭到严重的破坏，为了巩固刚刚建立的西汉政权，汉高祖刘邦接受大臣的建议，采纳黄帝和老子倡导的清静无为思想，实行"与民休息"及"轻徭薄赋""约法省刑"等政策，使汉初经济得以复苏与发展。

老子画像

汉高祖之后的几代皇帝，同样继续将"黄老之术"作为治国方针，并取得了显著的社会成效。到汉武帝"罢黜百家，独尊儒术"时，黄老思想渐衰。

随后，道家思想流入民间，至东汉末年，出现了道教。道教

■老子骑牛像

把老子神化，老子被尊为神仙，称为"太上老君"。随着道教的传播，关于春秋时期的老子的事迹也被改编成神话故事，在民间流传开来。

传说，那是在春秋时期，楚国苦县城东10里有个叫曲仁里的村庄，村前有条小河，河边住着一户姓李的人家。

这一天，李家姑娘到河边洗衣服，当她正在石头上搓衣服时，忽然看见一个鲜红的李子漂了过来。她便放下衣服，伸手把李子捞起来，用手掰开，几口就吃完了。

从此，李姑娘有了身孕，怀了81年的胎，生下一个男孩。这男孩一生下就白眉白发，白白的大络腮胡子。因此，李姑娘给他取名字叫"老子"。

老子生下来就会说话，指着院子中的一棵李子树，说："李就是我的姓。"他自幼聪慧好学，并向

黄老之术 我国战国时的哲学、政治思想流派，尊黄帝和老子为创始人。黄老之术始于战国盛于西汉，假托黄帝和老子的思想，实为道家和法家思想结合，并兼采阴阳、儒、墨等诸家观点而成。黄老思想的特点是"无为而治"，在西汉初年非常流行。

■ 老子雕塑

秦国 秦起源于天水地区，周孝王因秦的祖先善养马，因此将他们分封在秦，作为周朝的附庸。公元前770年，秦襄公护送周平王东迁有功，被封为诸侯。秦穆公时开始参与中原争霸。成为仅次于晋国、楚国、齐国的二等强国。

精通殷商礼乐的商容老先生学习。后来，老子又拜见周王朝的博士，因此进入当时国家办的学校太学，学习天文、地理、历史等，各种典籍无所不览，几年过后，他终于成为精通天文地理学识渊博的学者。

学习结束后，经老师推荐，老子到周王朝的图书资料室工作。然而，随着周王朝渐渐地衰弱，于是老子辞官过上了隐居的生活。

后来，老子骑一青牛，西游秦国。这一天，在他要出函谷关的时候，守关的官员尹喜在城楼上看见东方紫云聚集一团，形如飞龙，由东向西而来，由此他知道一定是有圣人要来函谷关了，于是，尹喜便卜城楼亲自迎接。

不一会儿，果真看到了仙风道骨的老子，骑着一头青牛踏着清风徐徐向关口而来。尹喜知道老子一定很有才学。听说他要远行，但是却坚持要把老子留下来，非要他写下他所悟到的真理，才肯让他出关。

于是老子便把他所感悟的智慧一个字一个字地写在了简牍上，取名为《道德经》，上篇叫《道经》，下篇叫《德经》。

尹喜读到这样美妙的著作，深深地被陶醉了。他对老子说："读了您的著作，我再也不想当这个边境官了，我想跟您一起走。"老子表示同意。然后，尹喜跟着老子一直向西行而去。此后，就再也没有他们的踪迹了。

到了东汉末年，张道陵创立道教，把老子尊为祖师爷，并称他为太上老君，奉《道德经》为主要经典。从此以后，太上老君成为道教最高神之一。

东汉汉桓帝刘志派中常侍管霸在老子出生地曲仁里建了老子庙。到了唐代，唐高祖李渊为了抬高家族地位，就听取了大臣的建议，认老子为祖宗，派人在

089

■老子论道壁画

老子庙的基础上进行扩建，后来，又下诏改老子庙为太清宫。

唐高宗、唐玄宗又先后为老子加封尊号，推为宗室远祖，并在太清宫专奉老子，仪规同于朝廷，于是太上老君最终确定为太清境洞神教主，即道德天尊。此后，宋、金、元、明、清等历朝皇帝都亲谒或派大臣拜谒太清宫。

老子故里曲仁里也因老子之名，先后更名为真源、卫真、鹿邑，苦县境内还有许多与老子息息相关的珍贵文物。在苦县，老子的各种故事也一直被人们津津乐道地传说着、演绎着。苦县还是李姓的发源地，成为全球李姓华人寻根问祖的胜地。

老子出关中的"紫气东来"也成了我国文化中的一个基因，人们把"紫气"当作祥瑞的象征，还把"紫气东来"这些字写在大门上。人们还认为，哪个地方有宝物，哪个地方就会在上空出现紫气。

另外，老子的坐骑"青牛"也成了道教文化中的一个著名的意象，以至成为了神仙道士的坐骑。

最重要的是老子的思想，他所著的《道德经》是一座充满了智慧的宝库。老子的哲学思想和由他创立的道家学派，不但对我国古代思想文化的发展做出了重要贡献，深刻影响着人们的价值观和思维方式，而且在世界范围都产生了深远的影响。

阅读链接

传说在唐代时，人们烧制陶器用去了大量木材，因此，大片的山林被砍伐。山上没有树木，大雨一来，山洪暴发，山下田园被冲毁，人们的生命财产就毁于一旦。

太上老君看到这种情况，就托梦给地方长官说，当地附近有一种太阳石，也叫乌金宝石，用它可以烧陶，比木材好。长官醒来后，按照老君的指点，带领陶工到山沟里找到了乌金宝石，并拿回窑上试烧，果然炉火熊熊，热度比柴火还高，而且没有烟熏，烧出的陶瓷色泽光亮。这就是后来的煤的由来。

张道陵传道扬善抑恶

那是在秦汉时，帝王们为乞求长生不老，经常会求不死之药、方士的修炼法诀，于是专以求仙为务的方士们频频出入宫廷，向帝王鼓吹他们的思想，并鼓动帝王们加入求仙的行列。

■张道陵像

到了东汉时，由于佛教传入我国，并逐渐盛行起来，帝王们不再对方士们感兴趣。所以，方士们转变了他们的活动方向，有的转向民间，有的进入山林，方士也逐渐演变成为道士。

道士张道陵于这一时期创建了五斗米道，因为张道陵尊奉老子为教祖，以《道德经》为主要经典，加上他又为老百姓做了很多好事，因此人们为了纪念他，称他为一代天师，还把他看作道教的创始人。后代的道教信徒们还把张道陵的生平事迹和济世救人的传闻逸事演绎成神话故事在民间流传。

传说，那是在东汉光武帝时的34年正月十五日晚上，在沛国丰邑的张大顺家诞生了一个男婴。因为张大顺喜好研究神仙的书籍，所以，他为这个孩子取名为张道陵，意思是希望这个孩将来能追随先祖张良，远离尘世，登陵成仙。

张道陵自幼聪慧，7岁开始学习儒家"五经"，并把家里的《道德经》阅读了许多遍，直到领悟到其中的要旨。他还不断学习社会上流传的天文、地理一类的书。

后来，因为他的品行端正，年轻好学，在汉明帝永平年间的58年，被推荐到京城洛阳太学学习。在那里他更加刻苦学习，精通"五经"，终于成了一名饱学之士。

张道陵到洛阳太学学习的第二年，25岁的他被郡守以"贤良"推荐到朝廷，经过考核，一举中了"贤良方正极言直谏科"，被朝廷授予巴郡江州令。

在江州令任上，张道陵看到地方上的有权有势的人横行

神话魅力

神话传说与文化内涵

■ 张道陵塑像

霸道，做官的贪赃枉法，老
百姓食不果腹，怨声载道，
他心想：自己为一介书生，
小小县令，怎么也改变不了
这样的世道，倒不如效法先
祖张良，出离尘世，善保自
身，以延年益寿。

于是，张道陵辞去江州
令职，去往洛阳，隐居在北
邙山中，潜心修习黄老长生
之道。他认真研读了经典著
述《道德经》《河图》《洛
书》以及谶纬之学。

朝廷多次下诏征张道陵
为太傅，他都断然拒绝。为了避开京都近郊的俗务嘈
杂和骚扰，他决心离开北邙山，云游名山大川，访求
仙术。

■张道陵塑像

于是，张道陵和弟子王长一起，渡江南下，在江
西贵溪县云锦山上结庐而居，并筑坛炼丹。张道陵和
弟子王长一起修炼龙虎大丹，在过了3年零9天后的一
天，红光照满室，有一只青龙和一只白虎来保护丹
鼎，表示他已炼成神丹，成了真人。

不久，张道陵又遇到了神人指点，修成了最高的
道术。据说，他能飞行天上，能听见极远的声音，又
能分身隐形，比如他能一面在池上划船，同时又在堂
上吟诗，变化万千，神奇莫测。

谶纬 我国古代
谶书和纬书的合
称，是以阴阳五
行、天人感应为
基础，以预占
为特征的神学体
系。谶是秦汉间
巫师、方士编造
的预示吉凶的隐
语；纬是汉代附
会儒家经义衍生
出来的一类书。在
西汉中期以后，方
士们采集、制造大
量谶言，结集为
书成为谶纬。

■张道陵驱鬼

琉璃 亦作"瑠璃",是指用各种颜色的人造水晶为原料,采用古代的青铜脱蜡铸造法高温脱蜡而成的水晶作品。其色彩流云漓彩、美轮美奂;其品质晶莹剔透、光彩夺目。琉璃是佛教"七宝"之一、"中国五大名器"之首。我国琉璃生产历史悠久,最早的文字记载可以追溯到唐代。

为了广传道术,张道陵离开了修成真人的云锦山,来到了蜀郡的鹤鸣山。传说,张道陵刚到鹤鸣山时,太上老君就降临在他住的地方,授给他雌雄剑和许多符箓,要他诛灭横行四川的六大鬼神。

当时的鹤鸣山,常常有八部鬼帅各领鬼兵共亿万,危害人间,他们带来各种瘟疫疾病残害众生。于是,张道陵在青城山上设下道坛,鸣钟扣磬,呼风唤雨,指挥神兵与那些恶鬼大战。

张道陵站立在琉璃座上,任何刀箭一接近他就立刻变成了莲花。鬼众又放火来烧,真人用手一指,火焰又烧了回去。鬼帅很愤怒,又招来千军万马重重包围,不料张道陵用丹笔一画,所有鬼兵和八大鬼士都纷纷叩头求饶。但是,他们口服心不服,回去后又请来六大魔王,率领鬼兵百万围攻青城山。

张道陵气定神闲,不为所动,他只用丹笔轻轻一画,所有的鬼都死光了,只剩下六大魔王倒在地上爬不起来,只好叩头求饶。张道陵再用大笔一挥,一座山分成两半,把六个魔王困在里面,动弹不得。最后,魔王只得答应永世不再为害人间。

张道陵为了在鹤鸣山把他学得的道传下去,就在汉顺帝汉安年间,自称太上老君于正月十五日降临,亲手授给他《洞极经》一部，三五都功玉印一枚，雌雄斩邪剑两把，还有二仪交泰冠、驱邪帔风、通天至简等宝物，要他推行"正一盟威之道"，并且在事成之后，向老君汇报。信徒们都信以为真，到处传播，因此，"正一盟威之道"很快就传开了。

张道陵规定，凡自愿入道的信众，要交五斗米作为入道的资费。于是，很多人带着五斗米接踵而来入道。一年以后，蜀中的五斗米教徒就有几万人。因此人们称他创的道教为"五斗米道"。

由于教徒众多，张道陵就把天下分为24个教区，以鹤鸣山为中心传教点，依次向四面八方扩延。

为了严密组织纪律，加强对教众的信仰宣传，张道陵还规定信众要信仰元始天尊和太上老君，除每年五月、腊月的吉日祭祀祖先，二月八日祭灶神外，不准祭其他的神，更不准胡乱行祭。另外，规定教民内要慈孝，外要敬让，不准诤讼斗争，不准欺诈百姓。

张道陵在鹤鸣山修道传教时，恰逢当地瘟疫流行，许多人都因感染瘟疫而去世。为拯救万民于水火之中，张道陵把自创的金丹术和道教的医学思想加以整合，研制出祛病健体的神秘草药配方。

张道陵把药浸在酒中送给百

灶神 也称灶王、灶君、灶王爷、灶公灶母等。我国古代神话传说中的司饮食之神。秦汉以前更被列为主要的五祀之一，和门神、井神、厕神和中溜神五位神灵共同负责一家人的平安。灶神之所以受人敬重，除了因掌管人们饮食，赐予生活上的便利外，灶神还是玉皇上帝派遣到人间考察一家善恶之职的官。

■天师镇宅

姓喝，因此瘟疫祛除了。百姓的病好了之后，都感觉身轻体健，精神比以前好多了。百姓感念天师施救苍生之恩，赞誉他的药酒为"妙沁神酒"。

东汉桓帝永寿年间，有一年的阴历九月九日，在四川赤城渠亭山中，玉帝派遣使者封张道陵为正一真人。

张道陵在飞升前，传给长子张衡斩邪剑一把，叫他要驱邪诛妖，佐国安民，并规定世世代代由他的一个子嗣来继承教主的地位。嘱咐完毕后，张道陵就和弟子王长、赵升三人一起升天而去。

在张道陵出生地江苏丰县费楼村，还有"天师府""张天师祖陵""药盒子""北周天和观"等大量与张道陵有关的历史遗存。关于张道陵的传闻逸事，也在丰县民间广为流传，有《张老汉巧占天门穴》《张道陵是神童》《张道陵与黑水圣母的不解情缘》《张道陵与虎头鞋虎头帽》等。

在这些广泛流传的张道陵传说中，包含道家思想和理念的众多宗教故事，是散落于丰县民间的优秀民间文学，是中华民族优秀传统文化的重要组成部分。张道陵所创立的道教，对我国的政治、经济、文化、科技、学术以及民俗都产生了重要影响。

神话魅力

神话传说与文化内涵

阅读链接

在蜀中流传着一个张道陵为百姓开凿盐井的故事。那是在东汉建和年间，张道陵传教到了青城山，他看到蜀中百姓缺盐，就决心为蜀中百姓改变这个状况。

有一次，当张道陵来到附近的阳山，看到山下平野上空飘着一片茫茫的白气，蒸腾上天，便判定下面肯定有上好的盐泉。于是张道陵带领弟子，历尽千辛万苦，用了一年的时间终于开凿出井盐。当地的百姓为了纪念张道陵的功绩，把张道陵率弟子开凿的盐井取名为"陵井"。张道陵也被誉为蜀中制盐的祖师。

八仙渡海各显广大神通

　　那是在汉末魏晋时期，人们为了追求长生不老创造出一组仙人，叫"八仙"。到了唐代，已经有"八仙图""八仙传"等，到了宋代，八仙故事还在不断完善。这些八仙人物有多种说法，有汉代八仙、唐代八仙、宋代八仙等，所列神仙也各不相同。

　　到了元代，关于八仙的神话故事流传更多，这时全真道教兴起，为回应民间信仰及传说，宣扬他们的教法，全真教便把民间传说中的钟离权、吕洞宾等人推为道教的祖师。而元曲艺术家们也参与演绎，使八仙故事流传更加广远，内容更加丰富。

■八仙画像

神话魅力

神话传说与文化内涵

《八仙出处东游记》 又叫《东游记》《上洞八仙传》，共2卷56回，明代吴元泰著。内容是写八仙的神话传说，记叙了铁拐李、汉钟离、吕洞宾、张果老、蓝采和、何仙姑、韩湘子、曹国舅八位神仙修炼得道的过程。

■八仙过海壁画

到了明代，小说家吴元泰的《八仙出处东游记》和戏曲作家汤显祖的《邯郸梦》问世后，铁拐李、汉钟离、张果老、何仙姑、吕洞宾、蓝采何、韩湘子、曹国舅这8位神仙才被正式确定下来。

在这8位神仙中，有风流倜傥的书生，有相貌丑陋心地善良的乞丐，有皇亲国戚。他们分别代表了当时社会的各个阶层和广大劳苦大众的美好愿望，是劳苦大众忠实的守护神。所以在当时，民间广泛地流传的就是这8位仙人各显神通踏波过海的故事。

传说，有一次，在蓬莱仙岛牡丹盛开时，白云仙长邀请八仙前来观赏。在回来路上，吕洞宾建议不搭船，各自想办法过海，于是，八仙都各显神通过海。

铁拐李兴致勃勃地说："好啊！大家先看我的！"说着便把拐杖投向海中，拐杖像一条小船漂浮在水面，铁拐李轻轻一跃，就立在拐杖上。

接着，汉钟离也把他的芭蕉扇丢到海上，跳下去站在上面；何仙姑将荷花往水中一抛，顿时红光万道，仙姑伫立荷花之上，随波漂游；随后，吕洞宾以宝剑、张果老以纸驴、曹国舅以玉板、韩湘子以箫管、蓝采和以花篮，他们纷纷将各自宝物抛入水中，借助宝物大显神通，遨游东海。

八仙安稳地顺着汹涌的波浪漂去，这与腾云驾雾感觉大不相同，别有一番情调。这时，曹国舅突然用手指向右边，并高声喊道："大家看啊！那里有座海市蜃楼！"

大家转头一看，只见一座仙山渐渐地从海里升起，山上有树木，有楼房，一会儿就升到半空中，慢慢地变成天边的浮云，一转眼，那浮云又被风吹散了。

韩湘子说："我们真是有眼福！蜃气是海里蛟龙呼出来的气体，百年难得一见啊！"

就在这时，蓝采和从他们当中消失了。大家远近观望，一边找一边喊，可就是不见蓝采和的踪迹。

张果老得冠丘铁拐李踏道法往来於汾
晋之间长生不老他出入常倒骑驴日行
万里

■张果老与铁拐李

仙人 即神仙，是我国本土的信仰。仙人信仰在我国早在道教产生之前就有了，后来被道教吸收，又被道教划分出了神仙、金仙、天仙、地仙、人仙等几个等级。远在佛教传入我国之前，我国本土就有了仙人的信仰。佛教传入我国之后，把古印度的外道修行人也翻译成了仙人。

张果老猜想说："可能是东海龙王作怪，他不欢迎我们在他的海上大显神通，把蓝采和抓到龙宫去了。走，我们一起到龙宫要人去！"

大家一起来到龙宫，请求龙王放人。龙王不但不肯放人，还派自己的几个儿子带领虾兵蟹将追杀八仙。八仙只得用随身的法宝当武器，抵抗虾兵蟹将，展开了一场激烈的战斗。

东海龙王还请南海、西海、北海龙王都来帮忙。龙王的不依不饶，把八仙也给惹火了。铁拐李用酒葫芦把海水吸光，其余几位仙人将泰山搬了过来，往东海一扔，东海立刻变成了一座高山。

双方打得天昏地暗，把太上老君和观世音菩萨也惊动了，他们全都赶来调解。最后，东海龙王放了蓝采和，泰山则由观世音菩萨搬回原处。

在八仙中，资历最深的是铁拐李。据说，铁拐李是唐代一位道士，元代时，他的故事就出现在戏剧里，剧目叫《吕洞宾度铁拐李》。传说他在世时精通药理，普救众生，深受百姓拥戴，被封"药王"。

钟离权的名气仅次于铁拐李，传说他原来是东汉的一名大将。元代时，全真道教奉他为"正阳祖师"，尊为北五祖之一。元世祖忽必烈封其为"正阳开悟传道真君"，元武宗加封为"正阳开悟传道重教帝君"。有关钟离权的神话很多，在明末清初徐道的《历代神仙通鉴》、明朝王世贞编的《列仙全传》等书中都有记载。

张果老是八仙中年龄最大的，传说他是唐代人，他的神话传说在北宋欧阳修等人编著的《新唐书》、明代小说家吴元泰的《八仙出处东游记》、明代文学家凌濛初的《初刻拍案惊奇》等书中都能找到。

何仙姑是八仙中唯一的女性，传说她是唐代的一位女道士。在以八仙为题材的古典文学、戏曲、绘

道士 信奉道教教义并修习道术的教徒的通称。道士作为道教文化的传播者，又以各种带有神秘色彩的方式，布道传教，为其宗教信仰尽职尽力，从而在社会生活中，也扮演着引人注目的角色。道士之称始于汉朝，当时意同方士。在道教典籍中，男道士也称乾道，女道士则相应地称坤道。黄冠专指男道士，女道士则相应地称为女冠。

■吕洞宾见何仙姑

吕洞宾见何仙姑已成仙道十分高兴便对她说你且在此修持待度全八仙后我们便去西王母那里参加蟠桃大会

■ 蓝采和与韩湘子

地方志 按一定体例，全面记载某一时期某一地域的自然、社会、政治、经济、文化等方面情况的书籍文献。地方志有自己独特的写作体例和格式，有严格的选材要求，有各种研究和参考价值，是综合反应一个地区自然与人文历史状况的百科全书。

画、雕塑作品中，何仙姑常常是一个手持荷花、神采俊雅、飘逸脱俗的妙龄女郎的形象。据明代浙闽总督郝玉麟等监修的《福建通志》、清代张楷修的《安庆府志》等地方志记载，在安徽桐城、祁门，福建武平、浙江昌化等地，都有本地何仙姑的遗迹和传闻。

蓝采和也是唐代人。传说，蓝采和的人物原型本是一位江湖流浪汉，由于他行为癫狂，又好周济穷人，后来被钟离权度化成仙。蓝采和的故事在唐代溧水县令沈汾的《续仙传》、南唐国历史的纪传体史书《南唐书》等都有记载。

吕洞宾在八仙中是最为出名的一位，他原本是唐代文人。到了元代，吕洞宾被全真教奉为北方五祖之一，称为吕祖或纯阳祖师。在元代和明代的杂剧中，以吕洞宾为题材的也有很多，如《吕洞宾三醉岳阳楼》《吕洞宾二度城南柳》《吕洞宾花月神仙会》《吕洞宾桃柳升仙梦》《吕纯阳点化度黄龙》等。

韩湘子是道教八仙中比较年轻的一位神仙，据说他是唐代著名文学家韩愈的侄子。韩湘的故事最早见于唐代段成式的笔记小说集《酉阳杂俎》卷19中。北宋时期，韩湘的故事得以完善。大约在金、元代之间，韩湘被人们列入八仙，尊称他为"韩湘子"。

对韩湘子的祭祀崇拜也因此而起，在许多地方都建有湘子庙。据说，西安南门里的湘子庙是韩湘子出家之地，因此，历代以此为湘子文化的发源地。

曹国舅是宋代的一位皇亲国戚，曹国舅在宋代就已经被内丹道收编成为吕洞宾的弟子，并在宋金元时期以固定的形象出现在八仙当中。

八仙作为吉神，在老百姓的日常生活中也是无处不在的。在各类建筑物、家具、瓷器、铜器上，都常用八仙的形象来装饰。人们还把方桌称为"八仙

《酉阳杂俎》

唐代笔记小说集，段成式著。《酉阳杂俎》前集20卷共30篇，续集10卷共6篇。所记的内容广泛驳杂，有神仙鬼怪的事，也有记载动物、植物、寺庙等珍贵史料，一部分内容属志怪传奇小说，另一部分是记载各地的珍奇物产。

■ 老君点化铁拐李壁画

桌"。有的地方，家家堂屋迎门都放一张八仙桌，两边再放几个太师椅，有客来，宾主分坐两边，说话、喝茶，很有仙人聚会的感觉。

八仙在民间影响非常深远，许多地方都建有八仙宫。据说农历四月十四是吕洞宾的生日。这天，苏州百姓要"轧神仙"。庙内香火鼎盛，人群摩肩接踵，说这样可以无意中碰到神仙，沾到仙气，添福增寿，并能帮助人们做到任何想做的事。

在山西定襄民间，正月初八还要"敬八仙"。当天，百姓准备佳肴、果品祭八仙，祈求消灾降福。

八仙和我国古代的神仙一样，绝大部分都是真实的历史人物，因为他们帮助老百姓惩恶助善，因此便对他们尊敬而且崇拜，逐渐把他们神仙化。而且由于八仙均为凡人得道，所以个性与百姓较为接近。八仙所宣扬的恬淡清净、仁义为先、济世度人思想，也恰好反映了老百姓对美好事物的向往。

阅读链接

传说，在北宋建隆年间，凡军人犯了法，都发配到东海边的沙门岛上。后来，岛上犯人越来越多，但是朝廷每年只拨给300人的口粮，所以粮食越来越不够吃。为了活命，犯人们经常跳海逃命，但绝大部分都被海浪吞没。

有一次，有几十名囚犯趁着月光，避开看守，抱着葫芦、木头等轻的物体跳入海中，往几十里外的蓬莱山方向游去。途中多数犯人被淹死了，只剩下七男一女游到了岸边。第二天，渔民得知他们从沙门岛游水越海而来，非常惊奇，便把他们称为"神人"，从此，他们渡海逃狱的事越传越神，最后演变成"八仙过海"的故事。

善良麻姑种仙桃献寿

　　在春秋以前，神仙之说在我国就非常流行了。在我国先秦古书《山海经》中就已经出现有关不死国、不死民、不死山上取食的不死树，以及提炼不死药物的人物"巫祝"的描述。

　　在道家的经典之作《庄子》一书中则提到了在藐姑射的山上，居住有吸风饮露，乘云御龙的神人，不食五谷，但却长生不死。

　　到了战国时期，长生不死的信仰在社会上广泛流传，并且还出现了一批以专为求仙为职事的方士，史称"方仙道"，他们的思想是一个独特的体系，在当时的"百家争鸣"中

■麻姑画像

被称为神仙家。

秦始皇统一全国后，一直热衷于寻找神仙和长生不老药，多次派人出海求仙，他还三番五次地亲自出巡，最后死在访求不死药的路上。在秦始皇的影响下，神仙学成为全国最热门的专业。

到了汉代，汉武帝也非常渴望得到不死之药和方士的修炼方法。他曾经邀请专以求仙为务的方仙道士们频频出入宫廷。当时的淮南王刘安则招纳宾客方术之士数千人，专门从事神仙方术的研究。由于方士们的频繁活动和上层人物对求仙的狂热，因而扩大了神仙之说在社会上的影响。

由于当时神仙信仰的盛行，一些女子也开始求仙学道，其中有一位非常有名的女仙叫麻姑。传说她修炼得道升天，因此被道教奉为元君、女真，她的事迹也被道教信徒们改编成神话故事，广泛流传在民间。

传说，在东汉时，有个叫麻秋的官吏，夜里做了个梦，梦见自己从江水中垂钓上来一朵含苞欲放的荷花。早上醒来，妻子便生下了一女孩，麻秋给她取名叫麻姑。

麻姑天生长得美丽可爱，三天后便能说话，一个多月后便能跟父母学读诗文，到了七八岁的时候，一把米从她手

106

神话魅力

神话传说与文化内涵

■麻姑献寿

里抛撒到地上，便成了无数色彩绚丽的宝珠。

麻姑不仅聪明美丽，而且心地善良，常常帮助穷苦的人。但是，麻姑的父亲麻秋却是性情暴虐，经常欺压老百姓的人。

虽然麻姑的父亲名声不好，但是作为女儿的麻姑仍然很孝顺他。有一次，麻姑到山里去采果子，好不容易才摘得了一个又大又红的桃子，她自己舍不得吃，把桃子揣在怀里，拿回家给父亲吃。

麻姑拿着桃子匆匆往家里赶，忽然看到路边围着一群人，就好奇地走过去看个究竟。只见一位衣衫破旧的老婆婆病倒

■麻姑路边遇王母

在路旁，已经奄奄一息了，麻姑赶紧从怀里拿出那个桃子来，一点一点地喂老婆婆。

老婆婆吃了桃子后，很快就苏醒了过来，她对麻姑说："好孩子，太谢谢你了，你还能不能再给我点吃的？"

那时正值灾荒，人们都只有不多的粮食，还有很多的人都因没有吃的东西而饿死了，所以粮食极为珍贵。但是，麻姑不忍老婆婆饿死，就爽快地答应说："我这就给你去煮点东西来，您在这里等我一会儿。"说完麻姑就飞快地跑回家给老婆婆做粥去了。

麻姑帮助老婆婆的事被她父亲麻秋知道了，他非

孝顺 原指爱敬天下之人、顺天下人之心的美好德行。后多指尽心奉养父母，顺从父母的意志。古人认为，对父母尽孝是天经地义。但当父母有不义的地方，就要设法婉转地去劝阻他们，这样才能使他们不会陷入不义之中，而不是一味地顺从。

皇帝 我国古代对最高统治者的称号。皇帝最早是皇、帝的合称，是对"三皇五帝"的统称。公元前221年，秦王嬴政统一全国之后，认为自己"德兼三皇、功盖五帝"，便自称"皇帝"，从此以后，"皇帝"成为帝制时代最高统治者的称号。

常生气，于是，把麻姑关了起来，不准她出去。

麻姑怎么也放心不下路边的老婆婆。等到半夜，她趁着父亲睡着的时候，悄悄地端着粥出了门，来到老婆婆躺着的地方时，但却再也没有看到老婆婆。月光下，只有一个桃核留在那里。

找不到老婆婆，麻姑只好捡起地上的桃核走回家。到家躺在床上，麻姑一合眼就看见白天的那个老婆婆，而且笑呵呵地朝她走了过来："好孩子，委屈你了。你不用难过，我很好。以后我们也还有机会见面的。"说完，就飘然而去。

第二天早上，麻姑起床后，就把那颗桃核种在院子里。一个月之后，就长成了一棵又高又大的桃树。第二年正月，桃树上就结满了又大又红的桃子。麻姑用这些桃子来救济逃难的老人。

奇怪的是，这些老人吃了麻姑的桃子之后，不仅不觉得饿了，而且精神倍增，连以前的小毛病也没有了。麻姑这才明白那个老婆婆是天上的神仙下凡。

后来，麻姑的父亲麻秋因为打仗立了大功，皇帝封了他一个大官，并且要他负责建设新的皇宫。

麻秋为了早日修好皇宫，好到皇帝那里去邀功受赏，就命令老百姓们没日没夜地拼命

■麻姑献寿绘画

干活。他还规定，只有当鸡叫的时候，老百姓才能停歇一会儿。

麻姑非常同情这些老百姓，于是到晚上的时候，她就躲在鸡窝边学鸡叫。这样，只要麻姑一叫，所有的鸡就会跟着叫起来，这样老百姓就有了休息的时间。

这件事很快就被麻秋发现了，他十分的恼怒，便想要狠狠地痛打女儿一顿。麻姑听到这个消息，就离开家往山上逃去了。

麻秋怒上加怒，率兵随后追赶，追到一个深谷边。就在麻姑

■麻姑献寿年画

走投无路，正想投谷之时，天上的神仙王母娘娘正好路过这里，她就是麻姑曾经救过的那个老婆婆。王母娘娘见她要受到灾难，立刻在祥云中拔下玉簪扔下去，玉簪化作一道玉桥，让麻姑过了深谷。

后来，麻姑又在王母娘娘的指点下，乘清风白云走了九天九夜，来到海上一座仙山。这里云缭雾绕，松青柏翠；坡上桃林，果大味美；谷底泉水，穿过坚石巨岩，潺潺声似箫音笙韵。于是，麻姑在此仙山净土处潜心修炼，并精心培育仙果。

几年后，麻姑修炼成仙。到了三月三日王母娘娘的诞辰之日，天界举行蟠桃大会，各路神仙都来祝寿。百花、牡丹、芍药、海棠4位花仙前来邀请麻姑一同参加，麻姑欣然同往。4位花仙子送上各自的仙

箫 又名洞箫，是一种非常古老的吹奏乐器。源于远古时期的骨哨，新石器时代开始用竹子制作。吹孔在上端，有六孔箫和八孔箫之分。箫的历史悠久，音色圆润轻柔，幽静典雅，适于独奏和重奏。

神话魅力

神话传说与文化内涵

■《麻姑献寿图》

花为王母娘娘祝寿，麻姑则带了自己种的仙桃为王母娘娘祝寿。

祝寿的各路神仙都夸麻姑心灵手巧，说王母娘娘有口福，麻姑因此被王母娘娘封为"女寿仙"。从此，麻姑在民间成为健康长寿的象征。

从魏晋以来，道教就开始不断地把适合修炼的名山洞府以麻姑来命名，在江西、安徽、山东、四川、湖南等地都有麻姑的遗迹。江西南城麻姑山和安徽宣城麻姑山，都因相传麻姑在山中修道而得名，两地都存有仙坛、丹灶等遗迹。

尤其是在江西南城的麻姑山，早在魏晋南北朝时期，道教典籍中就载录有麻姑事迹，东晋道教学者葛洪的《神仙传》《抱朴子》等史料均有关于麻姑的记载。

后来，道教为麻姑建坛立庙，崇奉有加。自唐代以来，道教中的麻姑信仰及与此相关的祈禳斋醮活动在麻姑山延续千年，经久不衰。

据说，唐代大书法家颜真卿还写了《有唐抚州南城县麻姑山仙坛记》，不仅记载麻姑事迹与麻姑仙坛的建设经过，而且着重描绘了当地道教祀典盛况。

民间的麻姑信仰风俗也是

广泛流播，在河北冀东一带，有"七月十五请麻姑"的风俗，被称为"麻姑节"。

还有"掷米成丹""沧海桑田"等传说，更是在民间口耳相传。而"麻姑献寿"也成为民俗画中的重要内容。麻姑形象或腾云，伴以飞鹤，或骑鹿，伴以青松，也有直身托盘作献物状，手中或盘中，一般有仙桃或佛手等物。过去给女性长辈祝寿，常送《麻姑献寿图》。

千百年来，与麻姑有关的神奇而美丽的传说故事，在人们当中广泛流传，并形成了麻姑信仰、麻姑文化，对人们的社会生活、文艺、宗教、民俗诸方面都产生了深刻的影响，成为中华传统文化中一道亮丽的风景。

麻姑献寿雕塑

阅读链接

相传，在东汉桓帝时，有一年的七月七日中午，江苏吴县一个名叫蔡经的家里正在迎接神仙王远的降临。只听天上响起了一阵仙乐，王远头戴华冠，身穿红衣，腰里系着五彩色带，乘坐羽车从天而下。王远见过蔡经后，又派遣使者请仙女麻姑也来赴宴。不久，随着一阵仙乐，一个光彩夺目的美丽的姑娘下凡了。

麻姑和王远等寒暄过后，说道："自从上次和你见面以后，我亲眼见到东海三次变为桑田；不久前，我又去了一趟蓬莱，这里的水，比以前召开群仙大会时少了一半，我想，不久也会变成陆地吧！"王远也很感叹。宴会完毕后，王远和麻姑随着仙乐升上了天庭。

钟馗捉鬼驱除世间妖邪

■清倪田人物画《钟馗仕女图》

那是在远古时期，我们的祖先因为对一些自然现象和社会现象无法理解，所以他们一直认为人的身体里有一个神秘的东西，而且它掌控着人们的思维和感觉。人们把这个神秘存在称作"灵魂"。

当时的人们认为，人死后灵魂并没有消失，而是变成人所不能感受到的状态，进入另外一个境界。这种人死后的灵魂叫"鬼魂"。这种观念产生后，便形成一股强大的力量，渗入人们思维深处。

在原始社会初期出现的图腾崇拜中，就融入了鬼图腾崇拜，在甲骨文里就已经有"鬼"字并有所解释。甲骨文的"鬼"字，下面是个"人"字，上面像一个可怕的脑袋，好像人头上戴着一个很大的恐怖面具，是人们想象中的似人非人的怪物。

当时，人们因为害怕一些恶鬼的骚扰，就举行一种叫傩的仪式来驱鬼，同时出现了专门驱鬼的人——巫师。

传说，在殷商时期，出现了一位叫终葵氏的著名巫师。终葵带着钢头银额的面具，身披豹皮，用朱砂染遍全身，手拿大棒，带领许多怪兽，四处捉取流浪江湖的孤魂野鬼。后来，人们便把"终葵"当作辟邪的意思。到了唐代，"终葵"逐步演变成了一个神话故事。

传说，那是在唐代"开元盛世"时期，终南山下住着一个姓钟的秀才。钟秀才虽然勤学苦读，可是他到50多岁还没有考中举人。

有一天，钟秀才的妻子梦见天上的魁星下凡，后来就生下一个儿子。钟秀才很是疼爱儿子，并给儿子取名叫钟馗，希望儿子以后能独占魁首，考中状元，以实现自己没有实现的理想。

钟馗出生几年后，父母就相继去世了，只留下他和妹妹相依为命，过着非常穷苦的日子。但是钟馗的志气却没有因为贫困而丧失，他从小就立志要完成父亲的遗志，金榜题名，光宗耀祖，干一番大事业。

由于钟馗刻苦攻读，学得满腹经纶，最后轻而易

■钟馗像

傩　我国神秘而古老的原始祭礼，也叫"傩祭""傩仪"，是古代巫师为驱鬼敬神、逐疫驱邪所进行的宗教祭祀活动。傩师所唱的歌、所跳的舞称为傩歌、傩舞。傩后来发展成傩戏，流行于江西、四川、贵州、安徽贵池、青阳一带以及湖北西部山区。

魁星 我国古代星宿名，是北斗七星中成斗形的四颗星。同时，魁星还是我国古代传说中主宰文运的神，在读书人心目中，魁星具有至高无上的地位。我国很多地方都建有祭祀魁星的魁星楼，香火鼎盛。

举地取得秀才和举人的功名。可是，钟馗家贫如洗，没有一点钱能供他进京参加殿试。

眼看考期就要到了，钟馗四处讨借求援，这时正好有一个好心人叫杜平，他慷慨救助给了钟馗20两银子。钟馗非常感激杜平，拿了盘缠就立即出发赶考，他决心不考取进士就不回家。

由于赶路太急，加上天气炎热，钟馗在半路上中了暑。但是，他不敢耽误考期，辜负杜平和妹妹对自己的期望，所以，他仍然忍着病痛，跌跌撞撞地继续往前赶路。

在一个月黑风高的夜晚，钟馗看到一个破庙，于是就进去里面过夜。他在熟睡时被一群野鬼碰上，野鬼看到他气宇不凡，文才武略，非常嫉恨，就围着钟馗一顿乱打，把钟馗好打一顿。但是钟馗却丝毫没有觉察，只感到浑身剧烈地疼痛，但是他还硬是撑着来到了京城参加殿试。

钟馗毕竟是天上的天魁星下凡，文章写得极好，最终名列榜首，中了状元。但是，等到皇帝殿试完召见状元时，看到钟馗面目丑陋，狰狞难看，就不肯点他为状元。虽然大臣们努力向皇上进谏，极力为他争取，钟馗也向

■钟馗捉鬼

皇帝讲述了途中的奇遇，但皇帝金口已开，决不肯更改。

钟馗是个性格刚烈的人，他看到皇上因为自己面目难看而不肯点为状元，气得连声大叫："屈死我了！屈死我了！"说完就拼命往旁边的一口大铜鼎一头撞去，一下就丧了性命。

皇上看到这样惨烈的场面，心中懊悔不已，于是下令厚葬钟馗。

钟馗的冤魂带着满腔的怨气，飘飘悠悠地来到了阴曹地府。他一进阎王的森罗殿，就指着阎王的鼻子破口大骂："你是阴间的皇帝，本应公正无私，为什么纵使恶鬼来毁我容貌，害我丢了功名，让我没有脸面见我那可怜的妹妹和救助我的杜平。人间的皇上不讲情面，怎么你也这样昏庸！"

阎王还不知道是怎么一回事，只见钟馗不容分说，在森罗殿上随手操起一根金光闪闪的狼牙大棒，乱舞起来，到处追打大鬼小鬼。连阎王也被他吓得急急退朝，躲藏了起来。

后来，钟馗看到殿上有一座大钟，冲过去就轰隆隆地敲打起来。这钟本是通天钟，一敲便惊动了天上的玉帝。

玉帝赶忙问身边的特使太白金星。太白金星向下一看，对玉帝说："这是有人在阎王殿闹事，这人本

■钟馗醉饮图

阎王　阎罗王，原是古印度神话中管理阴间的天王，佛教从古代印度传入中国后，阎王作为地狱主神的信仰才开始在我国流行开来。阎王在我国民间影响很大，人死后都要到阴间接受阎王的审判，生前行善者，可升天堂、享富贵，生前作恶者，会受惩罚，下地狱。

■ 钟馗雕塑

神话魅力

神话传说与文化内涵

剑 古代兵器之一，属于"短兵"。素有"百兵之君"的美称。古代的剑由金属制成，长条形，前端尖，后端安有短柄，两边有刃。剑是具有锋刃之尖长兵器，而其大小长短，端视人体为标准，所以须量人而定。我国在商代开始有制剑的史料记载，一般呈柳叶或锐三角形，初为铜制。

是天上的天魁星，现在在地府里叫冤。"随后把钟馗的事从头到尾说了一遍。

玉帝马上将阎王找来，吩咐说："这钟馗本是天上的天魁星下凡，因在人间遭受了很多冤屈，才闹到这步田地，也是情有可原的。你回去之后，照我的意思，封他为驱鬼将军，专管人间的大小妖魔，这里有一把青锋宝剑，你就代为转交给他吧！"

阎王领了玉帝的旨意，急忙回到地府。把钟馗叫到跟前，传达了玉帝的旨意，并把宝剑交给了他，自己还送给他一个化鬼的葫芦，作为他的随身宝物。就这样，钟馗便成了人间的专管驱鬼和捉鬼的神。

后来，在唐明皇时的天元年间，唐明皇在骊山巡察完后回到宫中，一直闷闷不乐，一会儿就昏昏睡去了。睡下之后，就梦见一个小鬼，一只脚光着，另一只脚穿着草鞋，腰上又还吊着一只鞋，同时还别着一把破扇子。他看到这个鬼走到龙床边偷走了贵妃的香袋和自己的玉笛，于是大声斥骂小鬼。

小鬼却笑嘻嘻地说："我是叫虚耗的小鬼，虚就是说偷人家的财物来取乐，耗就是要使人减喜添忧，把人的好事变成坏事。"

唐明皇见它说话这么无理，怒不可遏，正想叫武士前来捉拿这个小鬼。忽然，看见一个巨大的鬼，手里拿着一把宝剑，腰间挂着一个葫芦，脚蹬着黑靴，他不费吹灰之力，一把就抓住小鬼折成两段，并把小鬼塞进了腰间的一个葫芦里。

唐明皇见了大惊失色，问他是什么人。那大鬼恭敬地说："我就是钟馗，现已被封为人间的驱鬼神，因感激皇上的厚葬之恩，特来报答皇上的。"唐明皇听了，感到很羞愧，就加封了钟馗的官职。

唐明皇醒来的时候，他的心情就转好了，并兴致极高地召画家吴道子上殿，要吴道子依照他的梦境把钟馗的像画出来。

吴道子是当时有名的大画家，他按皇帝所描述，画了一幅钟馗像。唐明皇一看特别惊讶，对吴道子说："你和我同梦？为什么你画的和我梦见的一模一样？"

唐明皇看着画像，赞不绝口，并赏给他黄金一百两。唐明皇还立即下旨诰谕天下，每到除夕之夜，家家必须供奉钟馗的画像。

从此以后，钟馗声名大噪，成为了家喻户晓的驱鬼神。到了清代乾隆年间，有一年春天发生瘟疫，在无可奈何的情况下，人们想到把钟馗请出来施威捉鬼。从此以后，在端午节画钟馗，或赠人或自挂成为风

吴道子（685年—758年），唐代著名画家，被称为"百代画圣"。吴道子擅长佛教和道教人物画，也是我国山水画的祖师。他的绘画具有独特风格，据说，他曾于长安、洛阳两地寺观中绘制壁画多达300余幅，没一个一样的人物，其中以《地狱变相》最闻名。

■ 玉雕钟馗像

俗，绵延至今，经久不衰。

据说，钟馗的故事最早见于北宋科学家沈括所著《梦溪笔谈》的《补笔谈》。自宋元以来，钟馗形象进一步演变，出现了戏剧《庆丰年五鬼闹钟馗》《钟馗嫁妹》等。明清时期，文人们还依据钟馗形象改编了许多关于钟馗的小说，使得钟馗形象更趋于人性化了。

人们运用他的形象制作成各种艺术品，放置在住宅里或大门口，希望驱逐邪恶，获得平安。钟馗像贴于门户是镇鬼克邪的门神，悬在中堂是禳灾祛魅的灵符，出现于傩仪中是统鬼斩妖的猛将，由此派生出形形色色、千姿百态的钟馗戏、钟馗像。

人们通过对钟馗形象的塑造，增加自己战胜恶势力的勇气，也寄托了人们追求安定和平生活的美好愿望。钟馗是我国民俗信仰中最为人们熟悉的角色，千百年来人们一直很敬重他，并成为中华文化的重要组成部分而源远流长。

阅读链接

在民间，有人把钟馗作为门神，是出自一个钟馗吃鬼的故事。

钟馗在赴京考试结束后，回家搭船时遇到一位旅客。在闲谈中，钟馗注意到那位旅客的怀里有个小瓶子，他好奇地问瓶里装的是什么东西。旅客告诉他说，瓶子里装的是瘟神，因为这附近的百姓作恶，应遭责罚，他是奉上天的旨意来这个地方散灾的。还说，只要用一滴瘟水滴入水中，这个地方的百姓就都会染上不治之症而死亡。

钟馗天性仁慈，听了这人的话后，起了恻隐之心，在那人不注意的时候，把那个瓶子夺到手里，一口就把它吃了下去。钟馗吃了瘟神后，顿时七窍孔流血死亡。钟馗死后成了捉鬼的鬼王，于是，钟馗便被人们当成门神来侍奉了。

民间神话

在我国民间，老百姓相信世上有神的存在，而且坚信这些神仙离人们并不遥远，就在身边。进门，有门神；吃饭，有灶神；走路，有路神；住宅，有宅神。想发财，便拜文武财神；想及第，便拜文曲魁星等。这些都是百姓心灵的慰藉、精神的寄托和美好的向往。

人们信仰神仙除了满足祈求吉祥的心理，神仙还成为了人们心中的榜样和模范。人们认为通过多做利人利己的好事，就能达到像神仙一样的境界，拥有神仙的体魄与灵魂，从而实现得道成仙的目的。

玉皇大帝统御十方三界

那是在很久以前的上古时期，人们认为天是宇宙万物的主宰，也是万物生长发育的本源，所以不可不敬天畏命，顺天行道。因此认为自然界中有一位最高的神明在支配万物。

当时的人们还认为，是"天"命令君王来人间执政治民的，因此君王必须顺应天意，这样才能风调雨顺，国泰民安；假如君王违反了天道，天就会降下各种不祥之兆与灾害惩罚。

玉皇大帝年画

君王敬畏天，庶民百官自然而然地也敬畏天。君王既然是奉天之命治理人世，所以君王不得不崇拜天，定期祭天，这不但是君王必行的职责，也是国家的大典。因此，在商周时期，历朝君王每年势必举行盛大的"郊祀"，祭祀上天。

当道教兴起以后，就把天加以人神化，当成有思想有感情的神来拜，并且将之称为"玉皇大帝"。所以在民间流传着许多关于玉皇大帝的传说。

■ 玉皇大帝壁画

那是在很久以前，有个神秘的国家叫光严妙乐，管理这个国家的是净德国王，皇后名叫宝月光。他们都已年过花甲，两鬓苍苍，但膝下无子，因此经常为王位没有人继承而忧心忡忡，以至整天吃不好饭睡不好觉。

在一个月圆星朗的夜里，皇后做了一个梦，梦见一位老人慈祥地把一个婴儿送到了她怀里。皇后一见婴儿，欣喜万分，从梦中猛地惊醒。果然不久，皇后就有了身孕，后来生下了一个男孩。

王子长大以后，仁慈善良，常为百姓做善事，所以得到了百姓的拥戴。国王去世以后，王子继位。可是过了不久，他就不再热衷王位了，而是想出外寻仙求道，做一个修道成仙的"真人"。

于是他找来大臣商议，想要把王位让给大臣中贤明的人，自己去深山中修行。大臣们一再挽留，但他执意要走。大臣们很无奈，但是只能尊重他的选择。他一个人来到香岩山中，潜心学道，放弃人世间一切享受，一心用苦行来获得灵魂的超脱。

他不仅自己求道，还四外去布道传法，为众生大

郊祀 国家祭祀，古代帝王在城郊野外祭祀天地，南郊祭天，北郊祭地。五郊祀五帝，另外还有日月、山川、风雨雷电等诸祭仪。在古代帝王郊祀仪式中，皇帝自称"天子"，通过祭祀天神与祖先，作为王权合法性的基础和终极来源。

草药 利用植物提取物制作而成，主要使用其治疗价值。因为大多数植物含有化学物质元素，有着愈合等物理治疗。原始人类利用身边的广阔菌群，最大限度地观测动植物及其部件，草药终于诞生。它是最古老的保健方式，在古代起着重要作用。

开方便之门。有一年，闹瘟疫。多数人因无药救治在痛苦的挣扎中死去，人们面临着巨大的灾难，幸存的人干脆离开了自己的家园，外出躲避。一时间，哭声遍野，人们流离失所，人心惶惶不可终日。

看到这种惨状，他心如刀绞，焦虑万分。为了消灾除病，他登上悬崖绝壁，采来各种草药，遍尝灵验后，又亲自下山送给灾民。这药果然药到病除，人们终于摆脱了瘟神的困扰。

最后，他经历数劫而功成，终于修成正果，得道成仙升到九天之上，得到众神的拥戴。于是统御三界，成为了玉皇大帝。

玉皇大帝是诸天之帝、仙真之王、圣尊之主，三界万神、三洞仙真的最高神，有征召四海五岳之神的权力，万神都列班随侍其左右，犹如人世间的皇帝和公卿。所以，人们为了表示感激而供奉他。

据记载，宋真宗时，皇帝亲自为玉皇大帝造像，

■玉皇大帝塑像

■玉皇大帝故事壁画

尊为自家祖先祭祀，几番上圣号为太上开天执符御历
含真体道玉皇大天帝。

　　道教兴起以后，人们把宇宙穹苍当成有思想有感
情的人形神来拜，使得"天公""老天爷"借由玉帝
这个神的形象延续了下去。

　　民间把农历正月初九定为玉皇大帝的诞辰，我国
台湾称"天公生"。闽南也有此俗。这一天，道观要
举行盛大的祝寿仪式，诵经礼拜。家家户户于此日都
要望空叩拜，举行最隆重的祭仪。

　　玉皇大帝的诞生祭祀，比一般诸神更为隆重及庄
严，因为百姓都深信天公是至高无上、最具权威的
神，无相足以显示，因此不敢随意雕塑他的神像，而
以"天公炉"及"天公座"来象征。一般庙宇都有一
座天公炉安置于庙前，祭拜时要先向外朝天膜拜，这
是烧香的起码礼仪。

　　拜天公的祭典，自初九的凌晨开始，一直到天亮

庙宇 供奉神佛或
历史上名人的处
所。但是，一般
是指佛教进行宗
教活动的场所，
也是出家僧众修
行的所在。用来
祈福纳祥、消灾
解厄、祈求平
安、教忠教孝。
后来逐步发展为
具有多种综合功
能的建筑群。

玉皇大帝雕塑

为止。在这一天前夕，全家人必须斋戒沐浴，以庄严敬畏的心情举行祭拜，家家户户都要在正厅前面，放置八仙桌，搭起祭坛，供桌上备神灯、柑、桔、苹果、香蕉、甘蔗、金针、木耳、香菇、菜心、豌豆、豆腐等，另设清茶三杯，还有甜粿、社龟，到了时辰，全家整肃衣冠，按尊卑长幼依次敬香，行三跪九叩礼拜，然后烧天公金。

由于玉皇大帝在普通信众和民间信仰心目中，是众神之最，是我国民间传说中的一位主神，所以，他在我国历史与现实生活中都有重要的地位。他是中华历史文化中的一个重要组成部分，同时他也在我国民间百姓中产生了深远的影响。

阅读链接

传说，在盘古开天辟地以后，天地间一片祥和，后来诸神开始争斗、人间荒淫无度，使得天地三界大乱，太白金星因此下凡寻找才德兼备的人才来做三界的大帝。

太白金星化身成一个乞丐，四处寻找合适的人选，后来到了张家湾村，发现一个人人都叫他"张百忍"的村长张友人，为人忠厚善良，处处为他人着想，受了气还能够处处忍让别人，而且他把村里治理得非常和睦，因此便把他带回天庭做了玉皇大帝。

财神乐善好施扶持百姓

春秋战国时期，由于当时生产力水平很低，吃饭成为人们需要解决的关键问题。但是商业的发展，使商人获利良多，以致许多人弃农经商，农业生产急剧下降。

为了改善这一情况，当时的秦国国君秦孝公重用商鞅进行变法，商鞅便提出了重农抑商的政策，以法纪来约束生产力，保证社会生产，稳定社会秩序，后来的历代君主也都提倡这一主张。

年画财神

到了汉代，有位皇帝说，金银珠宝既不能填饱肚子又不能御寒。因此在汉初社会，人们对于钱财的态度，虽然很喜欢，但绝不崇拜迷信，否则会遭到批评。人们的价值

神话魅力

神话传说与文化内涵

■ 各路财神雕塑

儒家 又称儒学、儒家学说，或称为儒教，是以奉信以孔子为先师，以"儒"为共同认可符号，各种与此相关，或声称与此相关的思想道德准则，是中华文明最广泛的信仰构成。春秋战国时期，孔子在鲁国讲学，以"诗、书、礼、乐、易、春秋"之六经为经典，奠定了儒家的最早起源。

观也都维持儒家礼义伦理，而不是金钱至上。一直到唐代还依然坚持这样的观点，大诗人白居易还批评说"商人重利轻别离"。

因此，从汉代到唐代，尊崇儒家思想的人们从来没有把钱财当作神来崇拜，也没有出现财神，对钱财崇拜的形象只是摇钱树。

到了宋代，随着经济制度的变革，财物交换频繁起来，城市经济迅速发展，出现了非常繁华的都市，再加上与外来的文化的融合，财神成长的土壤日趋丰厚了。

两宋时期，财神的代表符号已经出现了，北宋叫财门，南宋叫财马，他们都是在除夕前用的一些民俗制品在市场上销售的。

元代，财神是那些行业神、祖先神、地方英雄神灵等的兼职，后来，逐渐从其他神职中分离出来。

到了明代，随着商品经济的发展，财神的信仰更加兴盛。在财神以不可阻遏之势蓬勃发展之际，众神信仰也开始奔向财神信仰这样一条独路。佛教中的观音、弥勒佛都被人们当作财神供奉了。而道教诸神，赵公明、关羽等都脱去原来的很多功能，肩负起单一的财神之职，其中影响最大的要数赵公明。

其实，赵公明是个由来已久的人物。传说，那是在商朝的时候，有一年的三月十五日黄昏时分，在终南山下赵代村的一个贫苦人家，诞生了一个男婴，父亲给孩子取名为赵公明。

赵公明年轻时给木材商做工，为了糊口，他每天都要进终南山砍伐木材、背运木材。日复一日年复一年，大家都看出来他为人诚实守信，具有乐善好施的好品质，所以深得工友们的信任。木材商也十分赞赏他，多次奖励他。

后来，赵公明攒了一些钱，又借了工友的一些钱，凭着勇气、胆识和诚信，开始自己做木材生意。由于他自身的好品质，很快就赢得了大家的信赖，都争着和他做生意，因此他很快就积累了一笔巨大的财富。

赵公明虽然富有，但始终没有忘记本性。他经常接济贫困的人们，而且出手大方。

商朝 是我国历史上第二个朝代，也是我国第一个有文字记载的王朝。夏王朝诸侯国商的部落首领商汤，率诸侯国灭夏朝后在亳建立了商王朝。后来，商王朝国都频繁迁移，最后盘庚迁到殷后，国都才定下来。在殷建都达273年，所以商王朝又称为"殷"或"殷商"。

127

■ 财神赵公明雕塑

■财神叫门年画

终南山 又名
"太乙山"，是
道教的发祥地之
一，其西起陕西
眉县，东至蓝田
县，千峰叠翠，
素有"仙都""洞
天之冠"和"天下
第一福地"的美
称。终南山主峰太
白山位于长安区境
内，海拔约2600
多米，素有"草
药王国"之称。

有一次，同村的一个人想自己做生意，就向赵公明借了100两黄金，没想到遭遇天灾亏了本，一时没有能力偿还赵公明的债务。他垂头丧气地来向赵公明说明情况。赵公明发现这个人手里拿着一双木棍，就想利用这两根木棍让他抵消所欠的债，这个人听了非常惊讶。赵公明这样做，其实是想免除他的债务。

赵公明一边经营商业，一边到终南山拜访道家学者，最终精研道理，修得正道。

人们为了纪念赵公明的取财有道、乐善好施、扶贫助困的精神，后人把他敬为财神。

据元代《三教搜神大全》一书中记载，赵公明原来是一个摄人魂魄的幽冥之神，后来逐渐增加驱邪保财功能，成为财神。

民间所供财神赵公明的形象是，头戴头盔，身穿战袍披铠甲，手持宝鞭，黑脸浓胡须，身跨黑虎，形象威猛。周围常附有聚宝盆、大元宝、宝珠、珊瑚之类，加强了财源茂盛的效果。

在我国民间供奉的财神，除了财神赵公明外，还有以忠义诚信著称的武财神关羽、忠烈刚直的文财神比干、撒钱济贫的准财神刘海、"聚宝天下"的陶朱公范蠡财神、"赐福镇宅圣君"钟馗财神、有求必应的南海"龙五爷财神"，还有招财童子、善财童子、五路财神等。在我国沿海地区，还供奉着写有"护国庇民妙应昭应普济天后"字牌的妈祖财神。

在民间，人们求财纳福的心理和追求，充分地反映在春节敬祀财神的一系列民俗活动中。每逢新年，家家户户悬挂财神像，希望财神保佑一年求财大吉大利。除夕之夜人们吃完饺子，彻夜不眠，等待着接财神。有人还送"财神爷"上门。到了初二还要祭财神。

财神是平安的象征，舍己为人的象征，散财才能聚财。善良是最大的财富，服务社会是对于财神的最好信仰和奉献。对财神的崇拜的意义也在于提醒人们，要取财有道，诚信取财，正当取财，智慧取财，不期待一夜暴富，不取不义之财，乐善好施、扶贫助困，才能得到人们的爱护，才能财源广进。

阅读链接

在古代的民俗中，除夕夜有一项重要的活动，那就是迎财神。除夕夜，全家人要围坐在一起吃饺子，饺子象征财神爷给的元宝。吃完饺子后彻夜不眠，等待着接财神。

"财神"用红纸印刷的财神像，中间是线描的神像，两旁写着"添丁进财""祈求平安"的吉利词语。"送财神"的是一些贫寒人家的子弟或街头小贩，他们拿着财神像，穿街走巷，挨门挨户叫："送财神来喽！"户主绝不能说"不要"，而要客气地说："劳您驾，快接进来。"几个铜钱就可买一张。一个除夕夜，有时能接到十几张"财神"，这是为了"财神到家，越过越发"的吉利。

灶神督察人间是非善恶

那是在原始社会时期，人们在大自然中发现了火，并学会用火来做熟食物。后来，人们用石头砌成了生火做饭的灶来煮饭，同时，人们把对火神的崇拜发展成对灶神的崇拜。祭拜灶神也就成为拜神活动中的一项重要内容。

最初，人们把灶神看作专管饮食的神来供奉。到了秦代以后，灶神被列为督察人间善恶的神。人们把灶神看作玉皇大帝派遣到人间考察一家善恶的官。

灶神除了掌管人们的饮食，赐予生活上的便利外，还有一个更重要的职责是监督一家老小的善事、恶事、功劳、过失，定期上报天庭。

灶神左右随侍两神，一个捧着"善罐"、一个捧着"恶罐"，随时将一家人的行为记录保存于罐中，年终时总计之后再向玉皇大帝报告。

因此，灶神得到了老百姓的顶礼膜拜，希望他能"上天言好事"。而关于"灶王爷"的故事，在民间也流传得丰富多彩。

■灶神画像

古时候，有一户姓张的人家，有兄弟两人，哥哥是泥水匠，弟弟是画师。哥哥拿手的活是垒灶台，街坊四邻无不知他的手艺，有需要垒灶台的都找他帮忙，并且都夸奖他垒灶手艺高，日久天长，方圆百里都尊称他为"张灶王"。

张灶王的性格和气善良，还爱劝架，不管到谁家垒灶，遇到人家有纠纷，他就去劝和。遇上吵闹的媳妇他要劝，遇上凶婆婆他也要说，好像是个老长辈。张灶王活到70岁，在那年腊月二十三日深夜去世了。

由于张灶王是一家之主，原来家里事都听他吩咐，现在他离开人间，家里变得一团糟。弟弟只会吟诗绘画，从未管过家务。儿媳妇们都吵着要分家，弟弟被搅得无可奈何，整天愁眉苦脸。

有一天，张灶王的弟弟终于想出个好办法。在腊月二十三日张灶王去世一周年的祭日的深夜，他把全

祭拜 在特定的时候朝拜一些人物神明等的传统，具体的祭祀的目的主要是弭灾、求福、报谢。祭祀是华夏礼典的一部分，更是儒教礼仪中最重要的部分，礼有五经，莫重于祭，是以事神致福。祭祀对象分为三类：天神、地祇、人鬼。天神称祀，地祇称祭，宗庙称享。

家人喊醒，说是大哥显灵了。并把儿子媳妇全家老小带到厨房，只见黑漆漆的灶壁上，飘动着的烛光若隐若现地显出张灶王和他已故的妻子的容貌，家人都惊呆了。

弟弟说："我梦见大哥和大嫂已成了仙，玉帝封他为'九天东厨司命灶王府君'。你们平时好吃懒做，妯娌不和，不敬不孝，闹得家神不安，大哥全都知道，你们闹分家，他很气恼，准备上天禀告玉帝，年三十晚下界来惩罚你们。"

儿女侄媳们听了这番话，惊恐不已，立即跪地连连磕头，然后赶紧取来张灶王平日爱吃的甜食供在灶上，恳求大哥饶恕。从此以后，经常吵闹的叔伯兄弟和媳妇们再也不敢撒泼闹事了，全家和平相处，老少安宁度日。

没过多久，这件事就传到大街小巷，闹得沸沸扬扬，一传十，十传百，都赶来张家打探。之后便让张灶王的弟弟为大家画灶王像，然后把画好的灶王像分送给邻舍。这样一来，沿乡流传，家家户户的灶房里都贴上了灶王像。

在民间传说中，灶神上天向玉帝告什么状，天帝就会给人定下什么惩罚。在东晋道教学者葛洪写的《抱朴子》中说：

月晦之夜，灶神亦上天白人罪状。大者夺纪。纪者，三百日也。小者夺算。算者，一百日也。

也就是说，谁要是做了坏事被灶神知道，严重的要少活300天，轻微的也要少活100天。人们认为平白无故地丢掉几百天的寿命，这种惩罚实在是让人害怕。所以，人们祈福禳灾的时候，对灶王爷都是恭恭敬敬。

随着岁月流逝，腊月二十三贴灶王爷像，摆供品祭祀，自然而然地形成了习俗，人们以此祈求阖家平安。自周代开始，皇宫就将祭灶风俗列入祭典当中，在全国立下祭灶的规矩，成为固定的仪式了。

人们还为此规定了许多行为规矩：不能用灶火烧香，不能击灶，不能把刀斧放在灶上，不能在灶前讲怪话、发牢骚、哭泣、呼唤、唱歌，不能将污脏的东西放进灶内燃烧，等等。而且在十二月二十三日，就是灶神离开人间上天禀报的日子，家家户户都要"送灶神"，也叫"谢灶"。

谢灶的日期也分阶层，按民间习俗，官绅权贵

灶王 即灶神，也称灶君、灶王爷、灶公灶母等。他是我国古代神话传说中的司饮食之神。秦汉以前更被列为主要的五祀之一，和门神、井神、厕神和中溜神五位神灵共同负责一家人的平安。灶神之所以受人敬重，除了因掌管人们饮食，赐予生活上的便利外，灶神还是玉皇上帝派遣到人间考察一家善恶之职的官。

人间宏愿

民间神话

■祭灶神

在腊月二十三谢灶，一般平民百姓在腊月二十四谢灶，水上人家会在年腊月二十五举行谢灶仪式。但是老百姓大部分会选择腊月二十三谢灶，希望有贵气。

送灶神的供品一般都用一些既甜而又黏的东西，如糖瓜、汤圆、麦芽糖等，意思是用这些又黏又甜的东西，塞灶神的嘴巴，让他回上天时多说些好话，俗话说的"吃甜甜，说好话""好话传上天，坏话丢一边"。因此，祭灶神象征着祈求降福免灾的意思。

在祭灶君的时候，要摆齐供品，焚香祭拜，然后第一次进酒，这时要向灶君诚心祷告，完了以后再进行第二次进酒，进第三次酒之后，把旧的灶君像撕下，连同金纸等一起焚烧，代表送灶君上天。这样"送灶神"仪式便完成了。

送走神明后，在第二年的正月初四，有的说是除夕夜把灶神接回来，叫"接灶"或"接神"。接灶神的仪式很简单，只要在灶台上重新贴一张新的灶神即可。

对灶神的崇拜，反映了人们对和平美好生活的向往，也是警戒人们要遵守世间罚恶赏善的道德规律。这也是中华文化的重要内容，是中华民族传统文化薪火相传、生生不息的奥秘所在。

阅读链接

在明代陈继儒所著《见闻录》中，记载了这样一桩怪事：

明代有个兵部尚书，名叫张悦。他有一次在接灶神时，家里的一只狗蹲在灶头上，他也不去赶它，任凭它凑热闹，依然照拜灶君不误。说来也怪，那只狗突然从灶上跌下，居然立刻死了。全家人都说这是不祥之兆，但是张悦却不动声色，镇静地对家人说："见怪不怪，其怪自败。"接灶仪式照旧进行。后来他家果然平平安安，没有发生任何不幸的事情。这桩事情传出去后，有人便说这是灶神保佑了张悦一家。

土地爷施恩德庇佑众生

那是在原始社会时期，自从人们学会了种植庄稼后，便开始大量开垦土地种植稻谷。当人们每年春天种下稻谷的种子时，便会期望等待秋天的丰收。

因为人们种植的粮食有时丰收，有时歉收，所以人们认为一定是有管理土地的神灵在掌控这一切。于是，人们把这种神灵称为土地神。

土地神年画

为了表达对土地神的敬意和感谢，报答大地的恩赐，更希望每年的粮食能丰收，人们便开始为土地神建庙，定期祭祀土地神。在民间，人们还会把一些过世但受人们爱戴的人尊称为本地的土地神。

那是在周武王建周之初，有一年

■ 土地庙

社神 社是地方最小的行政单位。古代人25家为一社。人们为报答大地的恩赐而奉土祭社，东汉时称社神为社公或土地，社神即土地神。社神一开始没有姓名，东晋以后，民间把生前行善或廉正的官吏作为土地神供奉，因此土地神有了人格和姓氏。

的农历二月二日，一户姓张的人家降生了一个男婴，父亲给他起名叫张福德。他从小就聪颖好学，而且非常孝敬父母。因此父母也为他感到骄傲。

张福德在36岁时，担任了朝廷的总税官。他为官清廉正直，体恤百姓的疾苦，为老百姓做了许许多多的善事，人们都很尊敬他。后来，他活到102岁去世了，令人称奇的是，在他死后的第三天，他的容貌仍然像活着的时候一样。

后来，有一个贫穷的人为感念他生前的恩德，用四块大石头围成一个石屋来奉祀张福德。没过多久，这个贫穷的人竟然由贫转富。人们都认为这是张福德的神恩庇佑，又考虑到张福德为政的好处。于是，老百姓都纷纷出资用来建庙宇，为他塑金身祭祀他，并尊称他为"福德正神"。做生意的人也常常祭祀他，希望生意得到更好的发展。从此，"福德正神"便成为土地神，也就是社神。

在民间有许多关于土地神的传说。传说土地爷是一方父母官，地头上的事，无论大小，他都管得到。魑魅魍魉、妖怪邪祟之流，也得到土地那里登记户口，就连大闹天宫的齐天大圣孙悟空也有求到他的时候。孙行者保唐僧西天取经时，每到一地，碰到妖魔作怪捣乱，总是先唤出当地土地神问一番究竟。

还有关于土地神助人急困的故事传说。古时候，有一个地方，山林中虎狼经常出没，当地百姓外出种地割草经常会遭遇野兽的袭击。

有一天，一家兄妹两人上山打柴，当他们把打好的柴捆好准备下山时，突然，从树林中蹿出一只老虎向妹妹扑去。哥哥看见大惊，一边高呼救人，一边扔下柴抓起斧头向老虎砸去。老虎屁股挨了一斧头，扭头怒吼，一跃而起，奔哥哥扑来。在这千钧一发之际，一位白胡子老人突然出现，他用手中的拐杖向老虎一挥，老虎便乖乖地向树林深处跑去。

兄妹俩非常感谢白胡子老人的救命之恩，忙问他

■土地爷与虎将军

■神龛中的土地爷

尊姓大名，家住哪里。但是老人只是笑着然后拿拐杖拄了两下地，一转眼就不见踪影。

兄妹俩回到家中向村里人诉说遭遇，村里的人都觉得奇怪，反复推敲，认为这位老人就是土地神。于是大家开始在山上给土地爷盖庙供奉，祈求神佑平安，风调雨顺，消灾免难。

土地神是我国民间发源最早、信仰最为广泛的神祇之一。在历史发展和演变过程中，土地神信仰内容的逐渐更加丰富，不仅是人们祈福、保平安、保丰收等美好愿望的寄托，也形成了丰富多彩的土地崇拜文化和风俗。

在民间，就把农历二月初二作为土地公的生日，这一天家家户户都要舂米粿，并用手捏成形状像圆饼一样的东西，有大有小，每块粿面印有瓜果和稻穗状等花纹，用来象征兴旺吉祥有财气，俗称"土地公粿"。

在祭拜土地神时，备好酒馔、果品等供筵，焚香虔诚，致祭十家堂供奉的土地公神位"福德正神"，以祈福报功，求赐五谷丰登，六畜兴旺，招财进宝，阖家平安。自这天以后，农民就开始一年的农事活动。

在我国民间众多的神灵家族中，土地神是最有人缘的神了，人们亲切地称土地神为"土地公公"或"土地公""土地爷"。土地神像大多数是白发髯髯，右手拿着龙杖，左手执元宝的样子。

土地神庙则遍布每个村庄，而且每年都要举行盛大的节日聚会对土地神进行祭祀，到后来这种聚会就演化成为庙会，成为民间一种重要的风俗。

有的地方，每逢初一、十五，各地群众，以妇女较多，提篮携包，三五成群，熙熙攘攘来到土地庙，烧香磕头、虔诚奉拜，这叫小会。到了每年的农历六月初六，土地爷的生日，则是大会，到时候有五六台大戏同时上演，各村的锣鼓队、秧歌扇鼓、武术杂耍，纷纷登场亮相，卖小吃的、卖日用品的等，也趁势做把生意，村里的人们扶老携幼，熙熙攘攘。土地庙内外，漫山遍野，彩旗招展，鼓乐喧天，人声鼎沸，好不热闹。

在我国台湾等地区，人们认为土地神是功能极强的神明，土地神不仅可以保佑农业收成，也可以保佑生意人经商顺利，还可以保佑旅客旅途平安，甚至还保护坟墓不受邪魔的侵扰等。

人们对土地的崇拜，表达了人们对大地的庇护和感谢，也反映了老百姓祈求平安的愿望，是中华文化中一种淳朴的民风民俗的表现。

阅读链接

在古代农村里，可以没有其他神庙，但不能没有土地庙。土地庙里住着土地老爷，如果庙堂宽敞，供养丰足，也会把土地奶奶搬来同住。这跟民间传说的一个故事有关。

传说玉皇大帝委派土地公下凡时，问他有什么愿望与抱负。土地公回答希望世上的人个个都变得有钱，人人过得快乐。土地婆却坚决反对，她说："世间的人应该有富有贫，大家都富足了就没人愿意做辛苦的工作，有了差距才能分工合作，发挥社会的功能。"土地公只好打消了自己的想法。因此人们不肯供奉她，却对土地公推崇备至。所以我国南方土地庙常有对联称："公做事公平，婆苦口婆心"。

门神驱邪辟鬼守家平安

那是在远古时期，人们认为凡是与人们日常生活有关的事物都有神的存在。与人们居处、出入、饮食有关的事物，都加以祭祀供奉，以此来表达他们对神的感激之情，祈祷神灵的庇佑，希望神能永远保佑人们的安康。

房门是人们每天每时必须经过的地方，它为人们的出入提供了方便，起到了防范敌害闯入的作用，但那时的人们觉得还是不大牢靠，缺乏安全感。

■年画五子门神

于是人们想，要是有一个能降鬼伏妖的神明来替自家"站岗守卫"该有多好！而且由于门户是房屋与外面世界相通的地

■门神年画

方，所以人们很自然地便产生了对门户的崇拜。

从此，人们便信仰守卫门户的神灵，将他们的神像贴于门上，用以驱邪辟鬼，卫家宅，保平安，助功利，降吉祥等，同时也产生了关于门神的神话故事。

相传远古时候，有神荼与郁垒一对兄弟，他们住在度朔山上。山上有一棵桃树，树荫如盖。每天早上，神荼、郁垒兄弟俩便在这棵桃树下检阅众鬼。如果有恶鬼为害人间，他们便把它绑了喂老虎。

后来，人们为了驱凶，索性在门上画出神荼、郁垒及老虎的像，以达到驱鬼辟邪之效果。左扇门上画的是神荼，右扇门上画的是郁垒，民间称他们为门神。但到了唐代，神荼和郁垒被两位唐代大将秦琼和尉迟恭所取而代之，成为新的门神。

门神 是道教和民间共同信仰的守卫门户的神灵，旧时人们都将其神像贴于门上，用以驱邪辟鬼，卫家宅，保平安，助功利，降吉祥等。门神是民间最受人们欢迎的保护神之一。道教因袭这种信仰，将门神纳入神系，并加以祀奉。

那是在隋末的时候，天下大乱。唐国公李渊于617年由太原起兵，与隋将宋老生大战月余，斩宋老生，然后势如破竹，直下长安建立大唐。另一军阀刘武周趁山西空虚，占了李渊的山西老巢。

619年冬，李世民奉父命领兵回击山西。李世民在收复了河东、平阳之后，兵至霍邑。刘武周命元帅宋金刚死守霍邑，宋金刚命偏将尉迟恭扼守白壁关，阻止李世民北进。

李世民手下大将秦琼与尉迟恭展开激战，两人多次交锋，仍难分高下。李世民起爱才之心，想收服尉迟恭。尉迟恭说道："只要刘武周不死，自己便不会叛变。"李世民遂想出一办法，杀了个长相酷似刘武周的人，并将首级送到尉迟恭处。尉迟恭误以为真，所以归顺了李世民。

后来李世民夜宿霍邑衙门，多次在梦中被两个无头人惊醒。李世民仔细琢磨，这两人一个像617年在霍邑被斩的隋将宋老生，另一个却像那个被充作刘武周割了头的人。

这两个无头鬼时时骚扰，使得李世民坐卧不宁。

辟邪 即避凶，"辟"即"避"，"邪"即"凶"。辟邪是一类铭记历史教训、避免重蹈覆辙的信物。广义而言，民间使用的辟火、辟水、辟兵、辟车等都可称为辟邪。广义的辟邪，或者民俗中的辟邪应该指一种行为以及它所引起的一些礼仪形式。狭义的辟邪，是辟邪行为的一种工具。

李世民召见英国公徐茂功求计，徐茂功道："主公屈杀这似刘武周之人，是因为急于收降敬德将军，主公可派敬德将军夜守衙门，也许得以安宁。"于是李世民就按照徐茂功说的，使尉迟恭守门，果然那个似刘武周的冤魂不再来扰，而那个像宋老生的冤魂仍至。

于是李世民再次求计于徐茂功。徐茂功道："臣闻宋老生虽为隋将，但其忠勇可嘉。听说宋老生极敬佩秦二哥为人，试增派秦二哥夜守衙门，或许得安。"李世民依言增派秦琼夜守衙门，果然宋老生冤魂也不再来。

此事后来传到民间，人们纷纷在门上张贴敬德和秦琼的画像，以求妖魔鬼祟不敢入门。从此他们两位便成了门神，并相沿成习。

在我国史书记载的门神还有一位，那就是古代另外一位勇士成庆。东汉史学家班固编撰的《汉书·广川王传》中说，广川王殿门上曾画有古代勇士成庆画像，身穿短衣大裤，手握长剑。因此，汉代人经常把成庆画在自己家的门上，用来辟邪驱鬼。

关于成庆的身世，说法也不一样，有人说他是战国末期卫国人荆轲

衙门 旧时称官署为衙门。其实衙门是由"牙门"转化而来的。衙门的别称是六扇门。猛兽的利牙，古时常用来象征武力。"牙门"系古代军事用语，是军旅营门的别称，营中还出现了旗杆端饰有兽牙、边缘剪裁成齿形的牙旗。于是，营门也被形象地称作"牙门"。

143

人间宏愿

民间神话

■秦琼（？—638年），字叔宝。齐州历城人。唐初著名大将，勇武威名震慑一时，是一个能闯入敌阵取敌将首级的人物，但也因此浑身是伤。曾追随唐高祖李渊父子为大唐王朝的稳固南北征战，立下了汗马功劳。因其功居于"凌烟阁二十四功臣"之一。

的同乡，也有说就是荆轲。因为他是战国时候孔武有力的杰出人士，汉人也就用他来当门神，有保卫家户的意思。

到了宋代，人们最常用的门神是神荼、郁垒与秦琼、尉迟恭两种。但是，那些非常贫穷的人家买不起门神，于是，就在除夕晚上用一把扫帚和一根黑炭棒顶在两扇门的后边，用以代表黑脸和白脸两个门神。

在明代，武士门神像上，常常添画有爵、鹿、蝠、喜、宝、马、瓶、鞍等物，用来祈福。以后更是取消了门神的祛邪义务，专事祈福。于是，民间形成天官、状元、福、禄、寿星、和合、财神等为门神的风气。

门神祭祀是当时的五祀之一，一般庙宇、宫廷的祭祀仪式是在秋天。一般民宅和房舍只在门旁设置插香处，每天早晚祭祀神明及祖先时，都顺便祭拜门神，表达人们对平安、幸福的向往与追求。门神文化作为我国传统文化中重要的一部分，对人们的生活等各方面都产生了深远的影响。

阅读链接

传说，长安附近的泾河老龙与一个算命先生打赌，犯了天条，玉帝派魏征在午时三刻监斩老龙。老龙于前一天恳求唐太宗为他说情，唐太宗满口答应。第二天，唐太宗宣魏征入朝，并把魏征留下来，同他下围棋。不料正值午时三刻，魏征打起瞌睡，梦斩老龙。老龙怨恨唐太宗言而无信，于是它阴魂不散，天天到皇宫里来闹，闹得唐太宗六神不安。魏征知道皇上受惊，就派了秦琼、尉迟恭这两员大将，守在宫门保驾，果然，老龙就不敢来闹了。

唐太宗体念他们夜晚守门辛苦，就叫画家画了两人之像贴在宫门口，结果照样管用。于是，此举也开始在民间流传，秦琼与尉迟恭便成了门神。

城隍消灾免祸赐福民间

　　那是在远古时期，农业经济在强大的自然力面前，常常显得软弱无力，一种潜在的恐惧心理使得人们把希望寄托于对图腾、祖先和自然神的崇拜之中，通过一定的祭祀形式求得自然力和祖先的护佑。

　　在这种"万物有灵"与"天人合一"观念的支配下，出现了有关

■城隍爷雕塑

三原城隍庙

神话魅力

神话传说与文化内涵

神灵的崇拜和祭祀仪式，逐步形成原始信仰。而城隍则是我国原始信仰祭祀的自然神之一。

"城"原指挖土筑的高墙，"隍"原指没有水的护城壕。古人造城是为了保护城内百姓的安全，所以修了高大的城墙、城楼、城门以及壕城、护城河。人们认为与人的生活、生产密切相关的事物，都有神的存在，于是城和隍被神化为城市的保护神，并对他们进行祭祀。

在传统社会中，人们希望英雄人物死后英灵可以作为地方神来保护自己。城隍神是由自然神逐渐过渡到人格神的，在这个过程中，汉初刘邦的部将纪信是最早被神化的人，人们把纪信当城隍神来供奉，在民间也就自然而然地流传了关于他的传说。

相传，秦汉之际，在汉王乡三华山下有个纪庄村，纪信就出生在这个村庄。秦末天下大乱，身为秦王朝县令的纪信，也脱下官服参加起义，投到汉高祖刘邦帐下当了一员部将。

后来，楚汉相争时，刘邦被西楚霸王项羽围困在荥阳，外无援兵，内无粮草，形势紧急。纪信求见刘邦说："我的脸型很像大王，请大王脱下衣服给我穿上，我冒充大王向敌人投降，你带领人马乘机冲出去。"刘邦依计而行，果然冲出重围，而纪信则被楚兵捉住活活烧死。

刘邦战胜项羽后，建都长安，在庆功会上想起了纪信的功劳，就对满朝文武大臣说："纪信功高德重，没有他献计，怎能有我刘邦的今天？我封他为督城隍，把他的家乡改名为我先前的封号汉王，把他的骨灰送家乡安葬，并建庙塑像，永远享受香火。"

后来刘邦还下令全国各县城建城隍庙。故后人称纪信庙为"城隍庙"，纪信塑像为"城隍老爷"。

除此之外，在民间还流传着许多有关城隍的故事。传说在宋代，每当城隍神生日的时候，人们都会去庙里烧香，有求神赐福的，有想消灾解难的，也有去感谢神的恩德的。

在庙会期间，庙堂里香火不断，烧香祈福的人很

庙会 又称"庙市"或"节场"。是指在寺庙附近聚会，进行祭神、娱乐和购物等活动。庙会是我国民间广为流传的一种传统民俗活动，是一个国家或民族中被广大民众所创造、享用和传承的生活文化。

147

人间宏愿

民间神话

■ 朱家角城隍庙

福报 人做好事后出现的相应的好的结果。也就是"积善之家必有余庆，积恶之家必有余殃"，所谓"人为善，福虽未至祸已远离，人为恶，祸虽未至福已远离"的道理。相传，福报不是神力可给予的，而是努力得来的。

多，人群拥挤，有时甚至发生踩踏事件，跪下身子拜祭就会被踩脸踩肩，人们只能作揖为礼，有的只好在庙堂外作揖行礼。庙外面有叫卖的、演戏的、杂耍的，更是喧闹惊人。

话说这一年，在城外的小镇旁边有一家小饭馆，饭馆的主人是一位老人。因为老人乐于行善，除了供应饭菜外，还让客人免费喝茶，所以小饭馆生意很好，特别是在城隍庙会期间。

在每次庙会时，早晨就有一位衣着整洁，举止文雅的中年客人来小饭馆喝茶，直到晚上才走。天天如此，庙会一结束，就不再来了，而且每年都这样。这个人很有学问，没有他不知道的事情，因此老人觉得很奇怪。

有一天，饭店的客人不多，老人就大胆地向中年客人问道："庙会期间城里祭神大会有歌有舞，人们

■福建城隍庙内景

都争着去，而你为什么却到城外来呢？"

那个客人听了老人的问话，慢慢地回答说："我就是那个城隍神，这十几天到城外来主要是不耐烦喧闹的气氛和被灰尘汗味污染的空气。"

"什么？你就是城隍神？"老人简直不相信自己的耳朵，接着说，"正是因为敬仰和感恩神的灵验，才有那么多人花钱为你祝寿，你还躲出去，难道说办庙会上香的人都没有诚意吗？"

■ 西安城隍庙城隍老爷雕像

客人回答说："人神之间是靠诚心感应的，而不是靠烧香作用，如果烧香就能得福的话，很坏的人、邪恶的人不也可以靠烧香求到福了吗？那怎么体现神的正直呢？所以，邪恶的人烧香磕头也得不到任何好处，而积德行善的人不烧香不磕头也会得福报。"

"你说的虽然有理，可我怎能相信你就是那受人们敬仰的城隍神呢？"老人又问。

中年客人微微一笑，说："每年到了这个时候，你都没有像其他人那样到庙里去，而是独自默默地敬拜我，还不断地省察自己的内心，希望做个好人，并得到我的保护，是不是这样呀？"

老人一听这些话，大吃一惊，怎么这些自己在心

香火 指供奉神佛或祖先时燃点的香和灯火；来朝拜的很多，香火很盛。古时候香火也指后辈烧香燃火祭祖，故断了香火就指无子嗣。古时有一说，不孝有三，无后为大，即没有后代传承香火是最大的不孝。

里同城隍神说的话，这个客人竟然全都知道，看来这个人真是城隍神！

老人赶忙跪下给城隍神磕头，城隍神拦住老人说："请你把我刚才说的话的意思转达给本地的人们，如果他们明白了这个理，城隍庙的现状就会有变化。如果真能这样，那你就帮助我了，你自然会得到福报的。"

老人连忙不停地点头答应："是是，我一定要告诉大家。"老人正说着，发现城隍神突然不见了。

于是，老人赶忙跑到街上，把刚刚发生的神奇的事向人们叙述了一遍。众人听了，有的睁大眼睛惊喜的样子，有的默默不语，也有的面露怀疑的表情，不相信老人所说的会是真的。

后来，老人总是回想着城隍神所说的话，并一如既往地老实做人，诚信做事，店铺的生意也一直不错。后来，这个老人在晚年时衣食无愁。

扇　我们的祖先在烈日炎炎的夏季，随手猎取植物叶或禽羽，进行简单加工，用以遮日引风，故扇子有遮日之称，这便是扇子的初源。随后，扇子不断发展完善，种类日趋繁多，最终琳琅满目。而最早的文字记载，则有"成于商殷"之说。我国的扇文化，内涵丰富，源远流长，拥有厚重的历史积淀和人文底蕴，是中华民族文化的重要组成部分。

■杭州城隍庙

据记载，在周代时，每到收获之后和每年的除夕，人们都要祭祀八神，其中第七位神就是水庸神，也就是后来的城隍神。

■ 上海城隍庙城隍
老爷雕像

三国东吴曾经建有城隍庙。据《搜神记》《搜神后传》等史籍记载，三国时广陵即今扬州人蒋子文，汉末为秣陵尉，至东吴初年，有人看见蒋子文在大道上乘坐白马，手执白羽扇，侍从左右跟随身旁，和生前一模一样。于是，吴帝孙权为蒋子文立庙堂，并将钟山改名蒋山。白马村、蒋王庙遗迹留作为地名，保存至今。

到了唐代，城市崛起，经济发达，凡有城市的地方就建有城隍庙，庙里供奉城隍神。因此，城隍的信仰深入州县，民间祈雨求晴、祈福祛灾都要求城隍。也就是在唐代时，道教把城隍纳入自己的神系，称它

水庸神 城市沟渠的神灵。在古代，凡是城市都有护城河，因此，水庸神也就成为城市的保护神。古代人最早信奉的护城神是"水庸神"，后来逐渐演变为城郊的守护神，也就是城隍神。

是剪除凶恶、保国护邦之神，并管领阴间的亡魂。

宋代以后，城隍开始人格化，人们多把去世后的英雄或名臣奉为城隍神。如苏州祀战国时春申君黄歇，杭州祀文天祥，上海祀秦裕伯，桂林祀苏缄等。

到了明代，开国皇帝朱元璋正式规定各府州县必须祭祀城隍神灵。城隍信仰被提升，得到了国家祀典尊崇，城隍被封为"王、公、侯、伯"4个等级，国家级的城隍封为王，省市级城隍封为公，地级市城隍庙封为侯、县级城隍封为伯。

这样，全国各地的城隍庙便如雨后春笋般修了起来，城隍也由民间俗神演变成为天下通祭的高级神祇。由于城隍庙内多供奉道教神像和民间俗神，所以人们也习惯将城隍庙归属于道教寺庙。

因此可见，城隍信仰是人们把美好理想和愿望寄托于神灵，希望他们能像生前一样公正无私，造福于民。千百年来，城隍的道德教化成为中华民族社会文化的一个重要组成部分，在民间源远流长。

阅读链接

传说，汉代时，王莽篡位追杀刘秀来到天紫岭上。眼看追兵已到，刘秀一急，便向山神庙里跑去。这座山神庙已破旧不堪，门口被一个大蜘蛛网遮得严严实实，刘秀惊慌失措地闯过去，那蜘蛛网被戳了个大窟窿。他进了庙回头见蜘蛛网已破，就"扑通"一声跪到神前祷告："山神爷显灵，你若能让蛛网弥合，救活我性命，以后我重登龙位，定封你为天下都城隍！"说完再看，那蜘蛛网已经弥合，而且将门遮得越发严实。这时，王莽带领人马追来，准备进庙搜查，看到蜘蛛网罩门，又没丝毫破迹，便向别处追去了。

后来，刘秀建立了东汉王朝，做了皇帝，便封这座庙为"天下都城隍"，并重建庙宇，亲书匾额。